나에게 오늘을
선물합니다

나에게 오늘을
선물합니다

개정판 1쇄 인쇄 2022년 6월 2일
개정판 1쇄 발행 2022년 6월 15일

지은이 | 김나위
펴낸이 | 전영화
펴낸곳 | 다연
주   소 | 경기도 고양시 덕양구 의장로 114, 더하이브 A타워 1011호
전   화 | 070-8700-8767
팩   스 | 031-814-8769
이메일 | dayeonbook@naver.com
편   집 | 미토스
표지디자인 | 강희연
본문디자인 | 디자인 [연;우]
기   획 | 출판기획전문 (주)엔터스코리아

ⓒ 김나위

ISBN 979-11-90456-42-5 (03810)

나에게 오늘을
선물합니다

김나위 지음

다연
DAYEONBOOK

다 때가 있다는 말, 이제야 어렴풋이 알 것 같다

나는 어릴 적부터 또래 친구들보다 호기심이 많았다. 궁금한 것도, 알고 싶은 것도, 해보고 싶은 것도 많았고, 가보고 싶은 곳도 많았다. 하지만 어린 내가 할 수 있는 것은 그리 많지 않았다. 호기심을 해결하지 못해 풀 죽어 있는 나에게 어른들은 늘 똑같은 말을 했다.

"다 때가 있어. 성급해서 좋을 것 하나도 없단다."

나는 그 말이 정말 싫었다. 다 때가 있다는 말이 너무 싫어서 하고 싶을 때 당장 하는 것이 좋은 거 아니냐며 반항하기도 했고, 언제 그때가 오는 거냐며 꼬치꼬치 따지기도 했다. 때가 정말 오기는 하는지 확답을 듣고 싶어 칭얼거리기도 했다.

오랜 시간이 흐른 어느 날, 나는 어릴 적에 그토록 듣기 싫었던 말을 젊은 친구들에게 하고 있는 나를 발견했다. 놀랍고 만감이 교차했다. 그리고 어렴풋이 무언가를 느낄 수 있었다. 어른들이 왜 그토록 입이 마르도록 '때'를 말했는지를…….

'좌충우돌하는 인생'이라면 잘 살고 있다는 증거 아닐까?

아무 일 없이 평탄하게만 살아가는 사람은 없다. 누구나 자기 삶의 영역에서 벼락같은 사건을 겪고, 크고 작은 상처를 입는다. 이런 일들은 우리에게 큰 아픔인 동시에 우리를 성장시키는 거름이 된다. 그래서 실패해보지 않았다면, 처참하게 바닥을 찍어보지 않았다면, 믿었던 사람한테 배신당해보지 않았다면, 절절하게 사랑하는 사람과 이별의 아픔을 겪어보지 않았다면, 진짜 인생을 모르는 거라고 말하는 이도 있다.

이런 어려움을 나만 겪은 것이 아니기에, 주위를 둘러보면 나보다 더한 사람들이 수두룩하기에, 그제야 기대하지도 못했던 위로를 얻는다. 큰일을 겪고도 아무 일 없는 것처럼 열심히, 더 꿋꿋하게 살아가는 이들의 모습에서 뜨거운 용기를 얻는다.

한 치 앞도 나갈 수 없이 답답할 때, 내 인생만 늘 제자리라고 느껴질 때, 나한테만 불행이 닥치는 것 같을 때, 나만 이렇게 좌충우돌하며 살아야 하느냐고 한탄하게 될 때, 이러한 '나만의 세상'에서 빨리 탈출해야 한다. 그래야 못된 감정에서 벗어날 수 있다. 이 못된 감정은 뭐 하나 좋을 거 없는 망상일 때가 많으니까.

크고 작은 풍파를 겪으면서 우리는 문득 생각한다. 언젠가 '좋은 날'이 올 거라고! 아직은 '때'가 아니어서 그런 거라고! 그리고 그 때를 기다리며 살아간다.

때를 준비하는 것은 말처럼 쉽지 않다. 당장 코앞에 벌어질 일도 알 수 없는 인간이기에 사사건건 안달하며 하루에도 몇 번씩 신경을 곤두세운다. 아침에는 마음을 다잡다가도 저녁에 휙 뒤집히기도 한다. 자기 자신도 어쩌지 못할 때가 한두 번이 아니다. 모두 그렇게, 그렇게 산다. 그런데 사실, 이런 삶이야말로 열심히 살고 있다는 증거 아닐까?

기막히게 운 좋은 사람이 되는 비법은?

행운은 그냥 오지 않는다. 기막히게 운 좋은 사람도 따로 정해져 있지 않다. 그런데도 타인에게 다가온 행운이나 좋은 기회는 그저 쉽게 얻은 거라고 폄하한다. 행운이나 절호의 찬스는 절대 공짜로 얻을 수 없다. 반드시 뭔가 대가를 치러야 얻을 수 있다. 크든 작든, 보이든 보이지 않든, 소요된 시간이 짧든 길든, 사람마다 차이는 있지만 그 대가를 치르고 나서야 얻는다. 이런 생각을 하면 행운의 주인공이 되지 못한 것에 대한 억울함이 한결 가벼워질 수 있다.

기막히게 운 좋은 사람이 되고 싶은 소망은 누구에게나 있다. 하지만 행운은 호락호락하게 오지 않는다. 아무런 노력도 없는 나를 행운의 주인공으로 만들어주지 않는다.

그렇다면 어떤 대가를 치러야 막혔던 운이 조금이라도 풀릴 수 있을까? 기막힌 정도는 아니더라도 기다리던 기회를 얻으려면 어떻게 해야 할까? 실망스럽게도 정답은 없다. 그럼에도 나는 독자들께 이런 말씀을 드리고 싶다.

"스스로 행운의 주인공이 되고, 절호의 기회를 맞이할 준비가 되었는지가 무엇보다 중요합니다. 역전의 명수처럼 자신의 삶과 인생을 반전하기 위해서는 한 방 크게 터지는 것도 중요하지만, 하루하루 삶 속에서 최선의 결과를 만들어내는 게 더 현명하지 않을까요? 결국 기막히게 좋은 기회는 하루 중에 일어나는 사건 사고 중 하나이니까요."

아이가 태어나면 앉는 법부터 배우고 나서 일어서는 법, 걷는 법, 뛰는 법을 배운다. 살아가는 내내 단계별로 필요하지 않은 것이란 없다. 우리가 살아가면서 맞이하는 모든 사건도 지나고 보면 모두 필요했기 때문에 일어났는지 모른다. 지금은 '대체 왜 내게 이런 일이 생긴 거야?' 하는 원망이 들지만, 훗날 그 사건이 나에게 감사한 일이 될지도 모른다. 그런 일을 겪게 되어 다행이라고 말하게 될지도 모른다. 기막히게 생각이 바뀌는 것도 인생이니까. 이렇게 생각하면 답답했던 숨통이 조금은 트이는 것 같다. 다시 잘해보고 싶다는 생각도 든다.

이 책을 선택해주신 모든 분께 감사드린다. 또한 이 책을 통해 아무리 사소할지라도, 그 어떤 것이라도 독자들께 도움이 되기를 희망한다. 이 책이 세상에 나올 때까지 애써주신 모든 분께도 진심으로 감사한다. 모든 분의 행복을 기원한다.

햇살 좋은 아침에
김나위

C\O\N\T\E\N\T\S

우리
옆엔

PART 1

행운은 아무에게나 오지 않는 것일까? 성공할 사람은 따로 정
해져 있단 말인가? 한 발짝이라도 나아가고 싶다는 갈증의 목
마름으로 온갖 열정을 태우면 달라질 수는 있는 걸까? '혹시나'
하는 마음이 헛된 욕심, 너무 과도한 바람이란 말인가!

항상 누군가가
함께 있어요

나만 제자리라고 느낄 수 있고, 실제 그럴 수도 있다.
그러나 한편으로 생각해보면 참 다행인 점도 있다.
여전히 내가 제자리인 것은 내 인생 절정의 꽃피는 시절이
아직 오지 않았다는 뜻이기 때문이다.

나만 제자리야, 여전히 그 자리일 뿐이라고!

늘 시간에 쫓기듯 치열하게 살았다. 하지만 뒤돌아보면 뭐 하나 대단하
게 이루어놓은 것 없고, 딱히 제대로 잘해낸 것도 없으며, 그렇다고 생활
이 충분하게 풍족해진 것도 아니다.
문득 이렇게 느껴지는 날이 있다.

대체 무엇 때문에 소소한 일상의 행복도 제대로 느끼지 못한 채 허둥지
둥 쫓기며 살아야 하는 걸까?

아무리 애를 써도 현실은 늘 그 자리에서 맴돌 뿐이다. 허둥거릴수록, 꿈
틀거릴수록 한 발짝 나아가기는커녕 진흙 속으로 더 깊이 빨려드는 것
같다.
이렇듯 나만 늘 제자리라는 생각이 들면 좀처럼 기분을 추스르기가 어
렵다. 남들은 쉽게 성공하는 것 같은데, 남들은 승진도 잘하는 것 같은
데, 남들은 돈도 잘 버는 것 같은데 말이다. 제자리를 벗어나본 적 없는
나만 문제가 많은 걸까. 뭔가 잘못되어가는 것은 아닐까.

가슴 깊숙이 솟구치는 팔자타령

행운은 아무에게나 오지 않는 것일까? 성공할 사람은 따로 정해져 있단 말인가? 한 발짝이라도 나아가고 싶다는 갈증의 목마름으로 온갖 열정을 태우면 달라질 수는 있는 걸까? '혹시나' 하는 마음이 헛된 욕심, 너무 과도한 바람이란 말인가!

누구나 한 번쯤 이런 생각을 하며 살아간다. 이 글을 쓰는 나 역시, 이 책을 읽는 당신 역시 그러하다. 순간순간 열심히 살아가는 사람이라면 한 번이 아니라 수시로 생각할 것이다. 게다가 돈과 권력이 뒤엉킨 지금의 세상이라면 이런 생각을 하는 것은 너무 당연하다.

혹자는 세상사가 미리 정해져 있다고 말한다. 아무나 성공하는 것이 아니고, 아무나 행복한 것도 아니라는 거다. 태어날 때부터 많은 게 결정되기 때문에 쉬이 바꿀 수 없다는 거다. 성공할 사람은 이미 태어날 때부터 정해져 있고, 안 될 사람은 뭘 해도 안 된다고 말한다. 타고난 팔자八字가 좋아야 한다고 강조한다.

노력해서 잘되는 세상은 이미 끝났다고 말하는 사람들도 있다. 조금 부족한 능력을 가진 사람이 부모와 집안의 든든한 돈과 권세를 바탕으로 남들보다 훨씬 유리하게 자기 삶을 꾸려가는 모습이 곳곳에서 발견되니, 무리도 아니다.

치열하게 하루를 살아가는 '우리'는 이런 말을 들으면 살맛이 떨어진다. 이리저리 뛰어다니며 할 수 있는 모든 것을 동원해서 하나라도 더 잘해내려고 노력하는 사람들에게는 정이 떨어지는 세상이다. 정직한 경쟁으로도 성공이 가능한 세상에서 살고 싶다는 마음이, 노력한 만큼 얻을 수 있는 좋은 세상이 되었으면 하는 마음이 전봇대처럼 높아만 간다.

"내 팔자는 왜 이 모양일까. 남들은 무난하게 하는 결혼을, 난 참 어려워!"
"에미 팔자가 기막혀서 자식들도 어렵게 살까 봐 걱정이야. 나를 닮으면 안 되는데!"
"내 팔자에 무슨 돈벼락? 살던 대로 살아야 별일이 안 생기지, 괜한 욕심 부리면 그나마 있던 것도 없어질라!"
"해외여행? 팔자 좋은 사람들 이야기지. 나 같은 사람은 평생 일만 할 팔자라니까. 세상이 너무 불공평해!"

살아가면서 자기 현실에 대한 답답함을 팔자타령이라는 것으로 대신한다. 처지가 좋지 않을 때나 주어진 환경이 만족스럽지 못할 때 수시로 한탄한다. 이런 탄식은 이심전심以心傳心으로 전해져 대개 주변 사람과 비슷한 공감대를 형성하면서 금세 하나가 되곤 한다. 서로의 한숨에 장단을 맞추는 것은 어렵지 않다. 한참을 서로에게 장단 맞추고 나면 답답한 마음이 시원해진다. 막막하게 꽉 막혔던 내 숨통이 트이는 것을 넘어 곪아터진 상대의 아픈 마음을 어루더듬고 위로하게도 된다. 어느 틈에 자신은 부족함이 덜한, 더 많이 가진 사람이나 부자가 되기도 한다.

제자리라도 지킬 수 있어서
참 다행이라는 겸손함마저 생겨난다.
팔자타령이 헛된 한탄으로 끝나는 경우도 있지만
이처럼 뜻하지 않은 겸손함을 얻게 되기도 한다.
가끔, 아주 가끔씩 그런 일도 있다.

단번에 얻는 것은 뒤탈이 생기니까

주어진 환경에 대한 원망, 태어날 때 이미 정해져 바꿀 수 없다는 팔자, 돈도 권력도 없는 자기 현실에 대한 좌절로 인생을 허비하는 것은 확실히 좋은 방법이 아니지 싶다. 또한 자포자기하는 것도, 작은 일에 실망하는 것도, 타인과의 비교로 점점 더 불행해지는 것도, 절망스런 자신의 현실을 앞세워 아무런 시도조차 해보지 않는 것도 지혜로운 삶과는 거리가 멀다. 살아가는 동안 이러지도 저러지도 못할 난감한 순간을 맞이할 때가 많다. 그 위기가 너무 숨막혀서 고민하고 절망하며 신세 한탄을 하지만, 중요한 건 그 시기는 결국 지나간다는 것이다. 우리에게는 그렇게 스쳐간 많은 일이 있고, 그런 일들이 쌓이고 쌓여 지난날의 추억과 아픔이 만들어진다. 누구나 그렇다.

혹독하고 고된 시간을 견뎌냈기에 그 이후의 시간은 그때보다 조금 더 여유로워진다. 아무 일도 겪지 못했더라면, 아무것도 하지 않고 도망치기만 했다면 여유를 느낀다는 건 꿈조차 꿀 수 없을 터이다. 누구든 아무것도 하지 않은 채 깨달음을 얻을 수 없고, 아무런 상처 없이 나이를 먹을 수 없다. 치열하게 노력하지 않고 자신이 원하는 것을 다 가질 수는 없다. 시행착오를 겪지 않고 삶의 지혜를 얻을 수는 없다. 이러한 원리들은 살아가는 데 지극히 당연하지만, 막상 자기 삶 속에 적용하지 못하는 것이기도 하다.

단번에 얻어지는 것은 뒤탈이 함께 온다. 쉽게 얻은 명예와 성공, 단숨에 맺어진 사랑, 급작스레 친해진 인간관계, 준비 없는 스포트라이트 등은 당장은 좋을 것 같지만 멀리 내다볼 때 좋지 않은 점이 더 많다. 아이가 태어나면 걷는 것부터 연습하는 게 아니라 더디더라도 앉는 법, 서는 법부터 차근차근 배운 뒤에야 걷는 법, 뛰는 법을 체득한다. 그런 점에서 볼 때 우리가 좌절감을 느끼고, 나만 제자리인 것 같고, 내 인생만 꼬이는 것 같은 마음을 가지는 것도 멀리 보면 무엇인가를 준비하는 과정이겠다. 나약한 마음으로는 위기를 극복할 수 없을뿐더러 어떤 상황이나 사건, 결과가 눈앞에 펼쳐질지 모르므로 시련을 극복할 강화 근육을 만드는 것이다. 언제쯤 내가 잘될지, 몇 살쯤 꼬인 인생이 풀리고 잘나갈지 모르니 철저하게 대비하는 것이라 믿고 살아야 오늘을 잘 살아낼 수 있다.

물론 쉽게 얻었다고 해서 다 나쁜 것만은 아니다. 쉽게 이루었다 하여 무조건 허접한 것이라고 폄하할 필요도 없다. 단지 너무 쉽게 얻은 것을 대하는 마음의 태도는, 간절하게 원해서 얻은 것을 대하는 마음의 태도와 다를 뿐이니까.

인생이 아름다운 까닭은 자기만의 꽃피는 시절이 있기 때문이라고 한다.

남과 나를 비교하는 인생이 아니라 오롯이 나의 인생을 담아내는 것에 의미와 가치를 두는 게 좋다. 또한 각자에게 주어진 '잘되는 때'가 다르다는 것을 인정해야 속 편히 살 수 있다. 내가 남이 될 수 없고 남이 내가 될 수 없는 법이다. 그러니 저마다 주어진 인생 항로에 스스로 만족하고 멋지게 항해해 나아가는 것이야말로 진정한 행복 아닐까.

포르투갈의 영화감독 마뇰 드 올리베이라는 젊은 시절 영화를 한 편 만들었지만 경제적으로 여의치 않아 차기작을 만들지 못하다가 63세가 되어서야 두 번째 영화를 만들었다. 이후 영화들에 대한 세계적 찬사를 받으며 그는 전업감독이 되었는데, 그때 나이가 73세였다.
'에르하르트 다항식'으로 유명한 프랑스 수학자 유젠 에르하르트 역시 22세에 고등학교를 졸업하고 40대에 이르러 수학 연구를 시작했고, 60세에 수학 박사 학위를 받았다. 노벨 문학상을 수상한 토니 모리슨은 40세 때 첫 소설을 냈고, 영국의 패션 대모 비비안 웨스트우드 역시 41세 때 첫 패션쇼를 열었다.

주변의 시선과 사회적 통념을 벗어버리고 자신한테 집중하여 멋진 항해를 과감히 펼친 그들에게 존경심과 선망을 담아 뜨거운 박수를 보내고 싶다.

나만 제자리라고 느낄 수 있고, 실제 그럴 수도 있다. 그러나 한편으로 생각해보면 참 다행인 점도 있다. 여전히 내가 제자리인 것은 내 인생 절정의 꽃피는 시절이 아직 오지 않았다는 뜻이기 때문이다. 또한 열심히 준비하고 있으므로 제자리에 있는 것이고, 최소한 뒤처지지 않고 현상 유지를 하고 있다는 의미이기도 하다. 가장 중요한 점은 꽃이 피고 많은 열매를 얻는 순간이 오면 쉽게 얻은 것이 아니라서 뒤탈이 날 일도, 걱정할 거리도 없다는 사실이다. 차곡차곡 쌓아 올린 땀과 노력의 결과물이기에 당당한 모습으로 웃을 수 있다. 이렇게 생각하니 조금은 위로가 된다.

실패한 자신을 벼랑 끝으로 몰아세우는 우리…….
성실하지 못해서 실패한 것이 아니고, 열정이 부족해서 실패한 것도 아니며,
노력이 부족해서 실패한 것은 더더욱 아니다.

성실하지 못해서 실패한 게 아니야

나만 제자리에 있는 것도 서러운데, 순전히 스스로의 노력 부족이라고
단정하는 사람을 만나면 말문이 막히고 화가 난다. 죽어라 최선을 다했
다 감히 단언할 수는 없어도 최소한 지금의 상황보다는 나았어야 한다
고 말할 수 있는데도, 결과가 좋지 않은 것은 노력이 부족한 탓이라고
단정해버리니 할 말이 없다.

지금 세상이 어떤 시대인가. 솔직히 이 시대가 노력 하나로 다 되는 시
절인가. 단언컨대 그런 시대는 이미 끝났다! 세상이 바뀌어도 한참 바뀌
었다. 그런데도 자타가 공인하는 성공 신화의 위인들은 TV와 신문에 등
장해서 나를 질책한다. 최선을 다하라고, 열정이 있으면 못 할 게 없다
고! 할 수만 있다면 나도 소리치고 싶다, 지금 어디에서 귀신 씨나락 까
먹는 소리를 하느냐고!

투혼을 발휘해도 비극으로 끝날 때가 많잖아

"절박한 상황에 처한 사람을 쉽게 이길 순 없는 법이야. 너 스스로 한번 절박해져보라고."

"자기 분야에서 최소한 십 년 이상은 되어야 전문가이지. 고작 몇 달, 몇 년의 경력으로 전문가 소리를 듣겠다는 것은 너무 과한 욕심이지!"

"네가 원하는 걸 얻지 못한 것은 너의 노력이 부족하다는 뜻 아닐까?"

수많은 자기계발 전문가가 강연장에서 '노력'과 '열정'을 부르짖는다. 특히 한국의 시대적 환경상 치열한 경쟁에서 살아남으려면 절박함이 없어서는 아무것도 이루어낼 수 없다는 극단적 협박(?)도 서슴지 않는다. 성실을 무장하지 않으면 전문가 근처에도 가기 어렵고, 자기 자리를 지켜낼 기초체력이 없다면 타인한테 자리를 내준 채 서럽게 내리막길을 걸어야 한다 강조한다. 그들의 이야기만 들으면 살벌하게 살아야만 대단한 뭔가를 이뤄내고, 내 자리를 지키기 위해서는 눈에 불을 켜고 경계해야 할 것만 같다. 정말 그들이 강조하는 대로 살아야 할까? 젖 먹던 힘까지 쥐어짜는 노력과 절박한 심정을 담은 열정으로 무장하기만 하면 내가 원하는 것을 얻어낼 수 있단 말인가? 하루의 대부분을 내 자리를 지키기 위해 치열하게 투쟁한다면 내 자리를 끄떡없이 지킬 수 있단 말인가?

같은 학교의 두 여대생이 모 회사에 입사시험을 치렀다. 둘의 성적은 비슷했지만, 결국 더 예쁜 여대생이 합격했다. 모든 조건이 비슷한 상황에서 유일한 차이는 외모였다. 여기에서 조금 덜 예쁜 여대생에게 무슨 노력이 더 필요할까? 당장 성형외과에 달려가 연예인 사진을 들이대며 이곳저곳 수술했어야 할까? 이처럼 내가 원하는 것을 얻지 못한 이유가 단지 노력 때문이 아니라는 걸 증명하는 사례는 너무나 많다.

같은 학교를 졸업하고 같은 회사에 다니는 두 남성이 한 여성과의 소개팅 자리에 나갔다. 그들은 나이, 키, 외모, 성격까지 비슷했다. 다만, 집안이 달랐다. 한 사람의 집안은 사회적·경제적으로 탄탄했고, 다른 한 사람의 집안은 가난했다. 두 사람 중 여성의 구애를 받은 쪽은 좋은 집안의 남성이었다. 상대 여성은 솔직하게 남성을 선택한 이유를 밝히며, 우리 사회에서 집안 배경이 얼마나 중요한 조건인지 강조했다. 그렇다면 집안이 좋지 않은 남성은 무슨 노력을 더 해야 할까? 이 또한 우리 주변에서 흔하게 볼 수 있는 사례다.

30대 초반의 여성이 사업에 도전했다. 평범한 가정에서 태어나 평범한 학력과 외모, 성격을 가진 그녀는 자신의 꿈을 이루고자 작은 회사를 차리고 밤낮없이 노력했다. 쉬지 않았고, 게으름도 피우지 않았다. 자신에게 주어진 나날을 성실하게 열정적으로 살아갔다. 하지만 그녀는 5년을 넘기지 못하고 회사를 접었다. 능력과 성실함과 열정을 갖춘 그녀는 왜 회사 문을 닫아야 했을까? 그녀는 이른바 '빽' 하나 없는 자신이 회사를 이끌어가기엔 역부족이라고 판단했다. 이 빽 저 빽 다 들이대며 프로젝트를 성사시키는 경쟁사를 도저히 이길 자신이 없었다고 말한다. 그녀는 얼마나 한이 맺혔던지 혹 다시 태어날 수 있다면 배경 좋은 가문에서 태어나고 싶다 절규한다. 빽도 없으면서 사업을 시작한 그녀의 잘못이라고 누가 말할 수 있을까! 안타까움만 남는다.

요즘 세상은 노력만으로 뭔가가 이루어지지 않는다. 부정하고 싶지만 인정할 수밖에 없는 현실이다. 바늘귀 같은 취업 구멍을 뚫고자 노력했으나 당당히 취업한 사람은 성적 우수자가 아닌, 권력자 아버지를 둔 자식이다. 결혼하고 싶지만 결혼 비용도, 내 집 마련도, 자녀 출산도 꿈꿀 수 없다. 정말 한심한 사회다!
물론 여기서 말하고자 하는 건, 이제 더 이상 노력이 불필요해졌다는 외침은 아니다. 절망적인 관점으로 세상을 바라보자는 것도 아니다. 노력과 열정은 여전히 가치 있고, 우리네 삶을 한 걸음 한 걸음 전진하게 해주는 유일한 무기이다. 다만, 노력만을 강요하며 개인을 억압해서는 안 된다는 말을 하고 싶은 것이다. 시대가 변했다면 살아가는 법, 성공하는 법, 노력하는 법도 시대에 맞게 변해야 한다.

모두가 원하는 세상을 만들고 싶다면 뭐라도 동참해야지

개인기나 돌파력, 공을 다루는 능력은 가히 전설의 반열에 올랐지만 비운의 축구 선수로 알려진 아르헨티나의 아리엘 오르테가. 그의 능력은 월등했다. 하지만 국가적 현실과 엇박자로 꼬이기만 하는 개인사 때문에 그에게는 온갖 비난이 쏟아졌으며, 결국 초라한 성적으로 막대한 빚만 졌다. 이제 사람들은 그를 재능보다 파란만장한 삶을 겪은 선수로, 투혼을 발휘했지만 비운의 결과만 남긴 선수로 기억한다.

한국인이 가장 사랑하는 그림을 그렸지만 비운의 천재 화가로 일컬어지는 이중섭. 그의 인생과 그림은 온통 그리움으로 가득하다. 그는 일제 강점기에 일본인 아내를 두었고, 한국전쟁과 가난을 겪었고, 영양실조에 간질환을 앓았고, 정신병원에 갇혀 짧고 궁핍하기만 한 일생을 보냈다. 그리움과 생명에 대한 염원을 그림에 투영시켰지만 삶은 기막히게도 비운의 결말로 끝났다. 수십억을 호가하며 사랑받는 자신의 그림 평가를 살아생전에 보았다면 조금이나마 덜 서러웠을 텐데, 위로가 되었을 텐데!

청각을 잃고 술로 연명했던 천재 음악가 루트비히 판 베토벤. 자신은 듣지도 못하는 명곡을 만드는 그의 마음은 어떠했을까? 음악가에게 소리를 듣지 못한다는 사실은 얼마나 치명적인 두려움인가! 두려움을 극복하며 만들어낸 그의 명곡들을 듣노라면 그 간절함이 그대로 전해져온다. 천재 음악가가 담아낸 영혼을 뒤흔드는 소리랄까!

실패한 자신을 벼랑 끝으로 몰아세우는 우리……. 성실하지 못해서 실패한 것이 아니고, 열정이 부족해서 실패한 것도 아니며, 노력이 부족해서 실패한 것은 더더욱 아니다. 공평한 세상 속에 불공평한 세상이 있고, 어쩌면 나는 그 불공평한 세상에서 살고 있기 때문에 일이 잘 안 풀리는 것인지도 모른다.

안타깝게도 모든 사람이 행복한 결말을 누리며 살 수는 없다. 불행한 결말의 주인공이 나일 수도 있지 않은가! 중요한 점은 공평한 세상 속 불공평한 세상으로 인해 더욱 불행해졌다면 공평한 세상을 만드는 일에 작은 힘을 보태야 한다는 것이다. 목청껏 소리치며 주장할 용기가 없더라도, 내 앞의 사소한 일부터 공평하게 만들어가는 데 동참할 필요는 있다.

당당하게 경쟁하고 승패를 인정할 때 억울해하지 않는 세상이 왔으면 좋겠다. 비운의 결과라서 불행한 것이 아니라 투혼을 발휘하지 못해서 아쉬운 것이면 좋겠다. 실패해서 억울한 것이 아니라 승부다운 승부를 하지 못해서 억울했으면 좋겠다. 모두가 원하는 세상 만들기에 뭐라도 동참해야지 싶다. 나를 위해서라도 꼭!

결국은 지나간다.
그렇게 칠흑같이 어둡던 밤도 지나고,
북풍한설 찬바람도
꽃피는 봄을 이겨낼 방법은 없다.

어떻게든 넘을 수 있는 크기로 온다

"선생님, 늦어서 죄송해요. 길이 너무 막히네요."
헐레벌떡 숨을 몰아쉬며 약속 장소에 뛰어들다시피 한 나를 L씨는 평온한 눈으로 바라보았다.
"괜찮아요. 급할 게 뭐 있어요."
자그마치 40분을 늦었는데도 화난 기색이 전혀 없다. 오히려 나에게 천천히 걸어오지 뭐 하러 뛰어왔느냐며 다정히 물잔을 건넸다. 만날 때마다 느끼는 것이지만 참으로 대단한 분이다.

일흔이 넘은 L씨와 알고 지낸 지는 꽤 오래되었다. 염색을 하지 않아 머리가 하얗지만 허리를 곧게 편 단정한 자세는 한결같다. 수차례 거친 풍파를 온몸으로 맞아 나뒹굴어도 끝끝내 털고 일어나 새로운 출발선에 서는 그의 모습은 내게 참 특별한 의미를 일깨운다.

당장 내일, 살아남을 수 있을까?

처음 그의 사연을 알았을 때만 해도 너무나 우여곡절이 많아서 어떻게 살아왔을까 싶어 안타까웠다. 또 한편으로는 능력 좋고 성격 좋아 주변 사람들이 그토록 따르는 모습에 부럽기도 했다. 인생이 어쩌면 저렇게 좋았다 나빴다 선 긋듯이 분명히 다를 수 있을까. 웬만한 사람이라면 잘 견디지 못할 텐데……

L씨는 대학을 졸업하고 일류기업에 수석으로 합격하였다. 탁월한 업무 성과로 초고속 승진을 하였고, 회사 내에서는 촉망 받는 핵심 인재로 자리매김했다. 그러나 동료들의 시샘으로 악의적인 오명을 뒤집어쓰고 회사에서 쫓겨났다. 계열사 사장쯤은 문제없을 줄 알았는데, 서른중반에 백수가 된 것이다.

그는 억울함과 절망감을 털어내고 36세 때 사업을 시작해서 3년 만에 잘나가는 벤처기업을 일구었다. 그리고 또다시 승승장구했다. 회사는 점점 커졌고 직원도 하나둘 늘어났다. 그렇게 성공 신화를 써 나아가던 어느 날, 회사가 느닷없이 부도났다. 동업했던 재무담당 부사장이 회사를 통째로 삼켜버린 것이다. 그는 42세에 다시 백수가 되었다. 하늘이 무너지는 것 같았다. 그리고 3년을 일 없이 지냈고 아무도 모르게 노숙자생활을 했다. 결혼도 못했고 가족도 없었다. 그러다가 중년이 되었고, 그는 다시 시작했다. 외식업 프랜차이즈 사업이었다.

그는 그 후로도 사업에 실패하고 다시 시작하기를 여덟 번이나 반복했다. 듣기만 해도 힘든 사건들이 끊이지 않았다. 그는 지금도 뭔가를 시작하려고 준비한다. '당장 내일 살아남을 수 있을까'만 걱정했던 노숙자생활을 하던 그때에 비하면 지금은 천국 같은 생활을 하고 있는 거란다. 그래서 행복하다고, 언제 다시 백수가 될지 모르니 겸손하게 살아야 한다고 담담히 말한다.

L씨는 정말 대단한 사람이다. 내가 그의 입장이었다면 결코 그처럼 살아내지 못했을 것이다. 과연 그는 살아가면서 무엇을 바라고 있을까? 그의 삶을 이끄는 힘은 어디에서 나오는 것일까? 문득 궁금증이 밀려온다.

모두 다 지나간다, 그렇게 지나갔다

내가 미숙하고 어리던 시절, '우여곡절'이라는 말을 참 부정적으로 생각했다. 겪을 필요 없는 일들을 겪으며 사는 것, 남들보다 피곤한 인생, 직선으로 가도 되는데 돌고 돌아 가는 것, 시간과 노력이 낭비되는 것쯤으로 여겼다.

하지만 지금은 생각이 많이 바뀌었다. 아스팔트처럼 매끈하고 반듯하기만 한 길을 걸으면 편할 수 있지만 나의 모난 구석을 다듬을 수는 없다. 좋은 길을 두고 굳이 험난한 길을 선택할 필요는 없지만, 사람마다 그릇이 다르고 갈 길 또한 다르니 때로는 어쩔 수 없이 거친 길을 지나야 한다.

시련이 아무에게나 오지 않는다는 말 또한 믿는다. 시련은 버틸 수 있을 만큼의 횟수와 이겨낼 수 있을 만큼의 크기로 찾아온다.

13억 중국인의 정신적 스승 지셴린. 그는 98세를 살아가면서 파란만장한 현대사를 몸소 겪은 원로 학자다. 백내장으로 눈이 멀어가고, 다리가 불편해 병상에 있으면서도 그는 새벽 4시 30분에 일어나 펜을 들었다. 이것 하나만으로도 수많은 사람에게 감동을 선사한 그는 자신의 저서 《다 지나간다》에서 이렇게 말했다.

인생 백 년 사는 동안 하루하루가
작은 문제들의 연속이었네.
제일 좋은 방법은 내려두는 것.
그저 가을바람 불어 귓가를 스칠 때까지 기다리세.

당장 내일도 모르겠는데, 다른 생각할 겨를이 없는데, 세월 좋은 소리나
한다고, 듣기 좋은 이야기일 뿐이라고 치부하는 이도 있겠다. 나 역시 그
랬던 것 같다. 지금 바로 해결해야 하는 문제가 산적해 있는데 5년, 10년
멀리 보아야 한다고 조언하는 사람들이 야속했던 때도 있었다. 남의 일이
라 한가한 소리나 하는 것이라고 귀를 닫아버리기도 했다. 하지만 지나고
보니 그렇게 치열하게 한 치 앞에만 매달릴 필요는 없었는데 하는 아쉬움
이 남았다. 오랜 시간이 지나고 깨달았다.
'지날 것은 다 지나간다고, 좋아질 것은 때가 되면 좋아지는 법이라고!'

국민배우 안성기는 인터뷰를 통해 "백수 시절 이 년의 글쓰기가 지금의
나를 만들었다"라고 말했다. 늘 잘나가기만 하는 그가 힘들었던 과거를
당당하게 고백했다. 가면을 쓰고 노래하는 프로그램 〈복면가왕〉으로 인
생 역전에 성공한 황재근 디자이너, 그 역시 사업 실패로 좌절의 쓴맛을

보고 나서야 제대로 성숙해가는 인생을 살아간다고 조심스럽게 말했다. 또 언제 추락할지 모르는 인생이라 조심해야 한다는 셀프 경고를 한다. 이는 유명인들이나 특별한 삶을 살아가는 사람들에게만 해당되는 것은 아닐 터이다. 바로 우리 자신에게도 일어날 수 있으며, 내 가까운 주변에서 일어날지도 모른다. 한 치 앞도 보이지 않는 막막함을 겪어본 사람이라면 한 치 앞을 다시 떠올리며 치를 떨 수도 있다. 한 치 앞의 막막함이 이토록 무섭다. 겪어본 적 없는 사람이라면 도저히 상상하기도 힘든 고통이다. 하지만 결국은 지나간다. 그렇게 칠흑같이 어둡던 밤도 지나고, 북풍한설 찬바람도 꽃피는 봄을 이겨낼 방법은 없다.

혹시 지금 이 순간, 아무것도 보이지 않는 막막함을 견뎌내며 치열하게 투쟁하고 있는가? 남몰래 홀로 힘겹게 이겨내고 있다면 힘들겠지만 조금 더 힘을 내서라도 잘 견뎌내기를 바랄 뿐이다. 먼 훗날, 견뎌내길 잘했다고 스스로를 대견하게 생각할 날이 올 것이다. 나 역시 불안감과 희망을 넘나들며 일상을 보낸다.
'혹시 새로운 인생이 펼쳐질지 모를 일이잖아.'
이런 혼잣말을 수시로 하면서 살고 있다.

시련이 아무에게나 오지 않는다는 말 또한 믿는다.
시련은 버틸 수 있을 만큼의 횟수와
이겨낼 수 있을 만큼의 크기로 찾아온다.
지나고 보니 그렇게 치열하게 한 치 앞에만
매달릴 필요는 없었는데 하는 아쉬움이 남았다.
오랜 시간이 지나고 깨달았다.
'지날 것은 다 지나간다고,
좋아질 것은 때가 되면 좋아지는 법이라고!'

"좋게 생각해도, 나쁘게 생각해도
일어날 일은 일어나더라.
굳이 나쁘게 생각해서
내 마음을 괴롭힐 필요가 있겠어?"

우리 뇌는 '햇빛'보다 '천둥 번개'를 더 기억해

상쾌해야 할 아침, 차를 마시려고 꺼내 든 찻잔을 놓치는 바람에 잔이 박살났다.
'이런, 오늘 중요한 미팅이 있는데……'
게다가 그 컵은 오래전 외국으로 이민 간 친구가 준 소중한 선물이었다. 너무 속상했지만 일단 접어두고, 미팅에서 챙겨야 할 사항들을 한 번 더 점검하고자 컴퓨터를 켰다.
'어라, 뭔가 이상하다!'
파일은 열리지 않았고 이상한 메시지가 계속 화면에 떴다. 알고 보니 랜섬웨어라는 바이러스에 걸려 파일이 몽땅 손상된 것이다. 사무실에 연락하여 파일을 다시 전송받고 노트북에 저장했다. 그러고는 서둘러 집을 나서는데 또 하나의 황당한 일이 주차장에서 나를 기다리고 있었다. 간밤에는 멀쩡했던 내 차 범퍼가 심하게 찌그러져 있었던 것이다. 경비 아저씨도 목격하지 못한 데다 설상가상 며칠 전부터 CCTV까지 고장 난 상태라 범인의 정체는 그야말로 오리무중이었다. 그쯤 되자 내 머릿속은 노골적으로 부정을 타기 시작했다.
'중요한 미팅 날에 왜 이렇게 운수가 나쁘지? 어째서 오늘 같은 날 안 좋은 일만 생기는 거냐고? 이거 오늘 미팅 망하는 거 아니야?'

지독히도 운수 사나운 날

"재수가 정말 지독하게 없네!"

살다 보면 안 좋은 일이 이어질 때가 있다. 앞서 내가 겪은 일 정도는 얘깃거리도 되지 않는 사건 사고들이 연달아 일어날 때가 있다. 그 사건 사고들이 날벼락처럼 갑작스럽거나 천재지변처럼 전혀 내 잘못이 아닐 때 그 당황스러움과 분노, 속상함은 훨씬 더 커진다. 이러한 일들은 우리의 평온한 일상을 여지없이 깨뜨리고 만다.

친구 Y는 위에서 내가 겪은 일들을 제법 자주 겪는다. 친구들 사이에서 Y는 '머피의 법칙'의 사랑을 듬뿍 받는 사람으로 통한다. 학생 때부터 그의 운수 나쁨은 '웃픈 사건'으로 두고두고 입에 오르내렸다. 책상 위에 올려둔 지갑이 몇 초 사이에 없어지고, 예쁘게 파마를 했는데 우산이 없어 비를 쫄딱 맞고, 세차하면 비가 오고, 어렵게 취업했는데 회사가 경영난을 겪고, 퇴사하면 회사 주가가 대박을 치고, 집을 사면 집값이 떨어지고, 집을 팔면 집값이 오르는 등 그의 일화는 드라마를 찍어도 몇 편은 나올 정도다.

평화롭던 일상이 깨지면 어떤가? 짜증스럽고 화가 나는 건 당연지사다. 도대체 왜 이렇게 재수가 없냐며 한 번도 본 적 없는 조상이나 전생까지 들먹인다. 하지만 Y는 달랐다. 안 좋은 일이 생기면 얼굴을 잠시 찌푸리기는 하지만, 언제 그랬냐는 듯 웃어넘겼다. 나의 입장에서는 너무 속상해 머리를 싸매고 드러누울 만한 일도 Y는 평온하게 대처했다. 나를 비롯해 친구들은 Y의 초긍정 마인드를 너무 신기해했다. 우리의 걱정과 호기심에 대해 Y는 이렇게 답했다.

"좋게 생각해도, 나쁘게 생각해도 일어날 일은 일어나더라. 굳이 나쁘게 생각해서 내 마음을 괴롭힐 필요가 있겠어?"

Y는 스스럼없이 웃음을 지었다. 그러면서 "좋은 일도 많아. 그런데 안 좋은 일만 소문나서 그렇지. 맨날 나쁜 일만 일어나면 어떻게 사니?"라고 하였다. Y의 마음이, 그 웃음이 참 멋졌다.

Y의 말처럼 어떤 일이 일어나는 것은 내 마음가짐과 직접적인 관련이 없다. 바람이 우리의 허락을 받고 얼굴을 때리는 게 아니듯, 일들은 나와 상관없이 일어난다. 그렇기에 단지 내 마음이 평온하게 그 일들을 바라볼 수 있다면, 불어닥치는 바람을 결국 지나가는 것으로 인식할 수만 있다면 내 발을 절망의 늪에 빠뜨리지 않을 수 있다.

많은 심리학자의 연구에 의하면, 좋은 일과 나쁜 일 중 우리의 뇌에 더 영향을 미치는 것은 나쁜 일이며 안 좋은 일의 전파력이 좋은 일의 전파력보다 훨씬 빠르다. 그래서 우리가 나의 삶에서도, 남의 삶에서도 불행을 먼저 발견하는가 보다. 곰곰이 생각해보면 우리의 삶에 비바람과 천둥 번개도 있지만, 쨍쨍하게 햇빛이 비치는 날도 있다. 우리의 뇌가 비바람과 천둥 번개를 더 잘 기억하는 것일 뿐이다.

누구에게나 일어날 수 있는 일, 별거 아닌 일!

안 좋은 일이 생겼을 때 불쾌한 감정을 물리치는 건 쉬운 일이 아니다. 가슴은 답답하고 현실로부터 도망치고 싶은 마음만 커져간다. 불행이라고 느끼는 상황에 직면하거나 원치 않았던 사건 사고를 마주했을 때 조금 더 현명하게 헤쳐 나아가는 방법은 누구에게나 절실하다.

갑작스러운 불행을 직면했을 때 대부분의 사람은 보편적인 방법들을 활용하는 것이 좋다고 말한다. 치명적인 불행이나 사건을 겪었지만 꿋꿋하게 이겨낸 사람들을 거울삼아 스스로에게 용기를 북돋우는 것이다. 누가 봐도 감당하기 힘든 불행을 담담히 견뎌내는 사람들의 그 말도 안 되는 극복 과정을 접하면 스스로의 나약한 정신을 조금이나마 단단하게 연마할 계기가 되는 것이 사실이다. 지인의 사연, 책을 통해서 배우는 간접적인 교훈들을 통해 힘을 얻는 것도 일상에서 실천 가능한 방법들이다. 이때 자신의 현실과 상황, 효용성에 맞는 것들을 잘 선별하는 것이 중요하다.

주변 사람들과 대화를 나누는 것도 도움이 된다. 나에게만 일어났을 것 같은 일들을 타인의 삶에서도 발견하는 순간, 나만 불행한 것이라는 단단한 확신이 눈 녹듯 사라진다. 서로 겪은 일들을 이야기하며 위로를 얻고 공감을 주고받는 것은 나의 상처를 치유하는 데 큰 도움이 된다. '왜 나한 테만 이런 일이 생긴 거야'라는 억울한 마음이 '당신도 그런 일을 겪었군 요. 나도 그런 일을 겪어봐서 당신 마음을 충분히 이해할 수 있어요'로 변화한다.

나한테만 닥친 고난이라고 생각한다면 불행의 크기가 엄청나게 비대해진 다. 그러나 많은 사람이 나와 똑같은 일을 겪었고, 힘들지만 극복하고 잘 살아가는 모습을 발견한다면 사정은 충분히 달라질 수 있다. 나뿐만이 아 니고 사람은 누구나 행과 불행 사이를 넘나든다고, 그러니 좋은 일에 유 난 떨 필요도 없고 슬픈 일에 절망할 필요도 없다고, 앞으로 어떤 일들이 일어날지 모른다고……. 내가 유달리 다른 사람들과의 대화를 즐기고 그 들의 이야기를 경청했던 것도, 스스로의 평정심을 찾기 위한 무의식적인 노력이었는지도 모른다. 사람들의 이야기를 잘 들어주는 것이 예의라고 생각했지만 정작 나 자신을 위로하기 위해 경청하고 있었는지 모르겠다.

우리의 일상에서 불쑥불쑥 튀어나오는 '운수 나쁜 일'은 우리를 단련시킨 다. 한 번의 사건은 두 번째, 세 번째 사건의 충격을 완화해준다. 처음에 나쁜 일이 생기면 힘들고 화가 나서 죽을 것 같지만, 시간이 지나면서 천천히 잊히고 고통도 잦아든다. 그다음 사건을 겪을 때에는 과거에 겪은 일을 기억하며 자신이 잘 이겨낼 수 있다는 믿음을 붙잡는다. 당황하며 허둥대지 않고 차근차근 해결법을 찾아낸다. 역경을 감당할 힘이 생기는 것이다.

주변과 세상일에 대해 알아갈수록 행운이든 불행이든 나한테도 일어날 수 있다는 사실을 받아들일 지혜가 생긴다. 또한 지금의 불행이 영원하지 않다는 것도 알게 된다. '바닥을 치면 위로 올라가는 것밖에 없다'는 말이 밑도 끝도 없다 생각했는데, 살아보니 현실에서 증명되곤 한다. '지금 힘들다 하여 좌절하고 절망할 필요는 없다'는 위로 같지 않은 말을 위안 삼으며 살다 보니, 불행이 바닥을 찍고 나자 생각지 못했던 행운도 만나게 되었다.

한 치 앞도 나갈 수 없다고, 마치 벼랑 끝에 서 있는 것 같이 위태롭기만 하다고, 나에게만 불행이 닥쳐오는 것 같다고 하는 따위의 생각은 아무짝에도 쓸모없다. 당장 멀리 보기 힘들겠지만 속는 셈 치고 한 번만 더 선인들의 말을 믿어보자. 먼 훗날, 저주 같았던 내 삶이 선택받은 행복의 삶이 될지 누가 알겠는가. 내 볼을 꼬집고 싶은 순간이 올지도 모를 일이다.

어떻게 나한테
이런 행운이 일어날 수 있는 거죠?
수많은 사람 중에서 내게만
이런 행운이 오다니,
도저히 믿기지 않아요.
누가 내 볼 좀 꼬집어줄래요?

'정말 내 마음에 꼭 맞는 사람만 만나고 싶어!'
이렇게 바라지만 나 역시 상대방에게
그런 사람이 될 수 없기에 욕심을 내려놓는다.
그저 경청하고 경청하다 보면
물 흐르듯 소통이 이뤄질 수 있을 것이다.

내 말을 듣고는 있는 거야?

대머리 때문에 고민하던 K 과장을 한 두피관리센터에 소개한 적이 있었다. 한참이 지난 어느 날 우연히 센터장을 만났다.

"K 과장은 좀 어떤가요?"

"뭐 치료 효과를 딱히 보지 못했어요. 그분, 원래부터 팔랑귀이신가 봐요?"

"네?"

이유를 물으니 탈모 치료의 가장 큰 적은 팔랑귀란다. 주변 사람들의 이런저런 말을 다 듣고 탈모 치료에 좋다는 것을 다 시도해보느라 정작 중요한 치료 시기를 놓쳤다는 말이다. 전문가의 말을 믿고 집중적인 치료를 해도 모자랄 판에 전문가보다 주변 사람들의 정보를 맹신하다 보니 지속적인 치료가 어그러지기 일쑤였다. 그렇게 치료는 치료대로 늦어지고, 증상은 증상대로 나빠진 것이다.

결국 온갖 정보에 휘둘려 그저 헛짓한 꼴이 된 K 과장은 이러지도 저러지도 못한 채 고민에 빠져 있다고 했다. 센터장도 K 과장의 팔랑귀에 대해서 처음에는 몰랐다가 깊이 있는 상담을 진행하는 과정에서 알게 되었다고 한다.

결정을 앞두거나 결정을 하고 난 후에 나타나는 팔랑귀의 증상은 누구라도 알아채기 쉽지 않다. 나는 센터장에게 미안한 마음이 들었다.

임금님 귀는 당나귀 귀, 내 귀는 팔랑귀?

K 과장과 오랫동안 알고 지냈지만 나는 그가 팔랑귀인지 몰랐다. 그도 그럴 게 그와 나 사이에서 뭔가를 결정해야 할 일 없이 그저 만나 서로의 안부를 교류했을 뿐이니까. 물론 팔랑귀가 무조건 나쁜 것만은 아니다. 사람은 누구나 문제를 앞에 두고 이렇게 할까, 저렇게 할까 고민하게 마련이다. 신중을 거듭하며 결정을 내렸지만 뒤돌아서니 마음이 바뀌는 경우도 허다하다. 당장은 최고의 선택이라고 확신했지만 하루가 지나니 사기당한 기분이 들기도 한다. 상대방의 말이 모두 진실 같았지만 결정한 후 조목조목 따져보니 몽땅 거짓말이었다. 이럴 때는 결정을 번복할 수도 있지 않는가 말이다. 누구라도 일상에서 결정이나 마음을 바꾸어 팔랑귀라는 평가를 받을 수 있다.

문제는 정도를 벗어난 빈번함이다. 수시로 팔랑거리는 나의 귀는 소통에 커다란 장애로 작용한다. 분명한 뜻을 밝혀야 할 때 갈대처럼 의사를 수시로 바꾼다면 소통에 문제가 생길 수밖에 없다. 상대방은 나에 대한 이미지를 부정적으로 인식하고, 이는 신뢰를 쌓아가는 데에도 좋지 않다. 어쩌다 한 번 만나 소통하는 상대방이라면 별문제 아니지만 자주 만나는 사람과는 관계를 그르칠 수 있는 요인이다. 주변의 말들을 단번에 차단할 수는 없지만, 예의를 지키며 중요도와 신뢰성을 기준으로 정리하는 것은

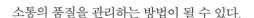

소통의 품질을 관리하는 방법이 될 수 있다.

시대적 흐름 속에서 소통의 중요성은 더욱더 강조되고 있다. 서로 간의 소통은 대화를 넘어 공감이 되고, 공감을 넘어 하모니를 완성시킬 수 있다. 그래서 전문가들은 상대방보다 먼저 마음을 열고 적극적으로 다가가라 충고한다. 사회적 발달과 문화적 변화로 인해 새로운 친구를 만들고, 다양한 분야의 사람들을 만나고, 생소한 자리에 참석하는 횟수도 늘고 있다. 소통의 공간과 형태는 점점 더 폭넓어지고 있기에, 마음만 먹으면 하루에도 서너 개의 모임에 참석하여 사람들과 교류할 수 있는 시대인 것이다.

소통이 강조되면서 말하기와 경청하기 스킬 또한 부각되었다. 사람과 사람이 만나 서로의 마음을 표현하는 과정에서 대화 기술이 크게 작용하고, 그것을 통해 상호 신뢰나 호감을 판단한다. 대화법이 곧 그 사람 마음이고, 인격이라는 것을 의심하지 않는다. 모임에 나가기 전에 자신의 대화법을 점검하지 않으면 환영받지 못하는 손님이 될 수도 있고, 모임을 망치는 나쁜 사람으로 찍히는 경우도 있다. 2퍼센트 부족한 습관이나 태도 때문에 상대방에게 부정적으로 기억되기도 한다.

내가 그 사람과의 소통이 원활할지, 원활하지 못할지는 겪어봐야 안다. 처음 만나서 모든 걸 판단하는 것은 너무 섣부르다. 그 사람의 면모를 알려면 처음부터 속단하기보다는 겪어보면서 찬찬히 파악하는 것이 좋다. 소통뿐 아니라 사람의 면면에 대한 판단이 너무 빠르면 오류가 발생하기 쉽고, 그 오류는 나와 상대방 모두에게 피해를 줄 수 있다.

소통을 잘하는 사람은 결정적인 순간에 확실하게 자신의 진가를 드러낸다. 의사소통이 원활하지 않아 일이 꼬여 있을 때, 소통이 막혀서 갈등이 극대화되었을 때 소통의 귀재가 활약하면 문제 해결의 실마리가 풀린다. 그 순간은 마치 투우사가 소의 급소를 찌르며 승리를 이끌어내는 15초처럼 강렬하다.

불통不通 귀가 더 심각하다

줏대 없이 남의 말에 휘둘리는 것도 문제이지만 더 심각한 것은 말뚝귀이다. 말뚝귀는 귀에 말뚝을 박은 것처럼 남의 말에 꿈쩍도 하지 않는 사람을 이르는데, 팔랑귀와는 반대적인 개념이다. 말뚝귀인 사람은 자신의 영역에서 엄격하게 규율을 지키고, 줏대를 지킨다. 다른 사람이 일을 주도하려고 하면 잘하던 일도 중단한다. 그 때문에 뜻밖의 문제가 생기기도 한다.

말뚝귀 역시 긍정적인 면이 있다. 누가 무슨 말을 하든지 상관없이 흔들리지 않고 자신의 주관을 또렷하게 드러낸다. 하지만 이 역시 지나치면 불통의 원인이 된다. 단어 그대로 귀에 말뚝을 박은 것처럼 제 고집을 부리거나 애초부터 들으려고 하지 않기 때문이다.

소통의 시작은 잘 듣는 것이다. 경청을 할 줄 알아야 진짜 대화를 할 수 있다. 그리고 경청의 시작은 눈과 귀로 상대방의 말과 표정을 읽는 것이다. 이런 기본을 지켜야 마음을 읽고 공감을 표현하는 단계까지 이를 수 있다. 기본을 지키지 않으면 대화에서도 불신이 야기된다. 소통을 잘하는 사람들의 노하우 중에 듣기는 단연 가장 첫 번째로 꼽는 조건이다.
살다 보면 말뚝귀 때문에 소통이 어려운 사람을 한 번쯤은 만나게 된다.

누군가에게 전해 듣는 것과 실제로 겪는 것은 상당한 차이가 있다. 가족 중 한 사람, 직장 동료 중 한 사람, 친한 친구 중 한 사람이라도 불통귀를 가졌다면 소통하는 매 순간 어려움을 느끼게 된다.

소통은 혼자 하는 것이 아니라 마주 보고 하는 것이다. 마주 보는 사람의 말을 먼저 들어주는 것이 대화의 기본이다. 대화의 기본을 지킬 수 있다면 누구와도 충분히 공유하고 공감할 수 있다. 혼자라도 충분히 살아갈 수 있다면 소통이 왜 필요하겠는가. 상대방의 이야기는 들어서 뭐 하겠는가. 하지만 더불어 사는 세상 속에서 조화를 이루고 싶다면 소통해야 한다.

살면서 우리를 괴롭게 만드는 것 중 하나가 인간관계다. 인간관계에서 문제가 생기면 작은 돌멩이도 태산처럼 느껴지고, 위로와 힘을 얻으면 태산도 작은 돌멩이가 되어버린다. 정말로 많은 이가 인간관계로 말미암아 고민하고 상처받지만, 그럼에도 이 문제는 사회적 존재로서 포기할 수 없는 것이다.

'정말 내 마음에 꼭 맞는 사람만 만나고 싶어!'
이렇게 바라지만 나 역시 상대방에게 그런 사람이 될 수 없기에 욕심을 내려놓는다. 그저 경청하고 경청하다 보면 물 흐르듯 소통이 이뤄질 수 있을 것이다. 그렇게 했는데도 너무 안 맞는다면? 모든 이와 다 잘 지낼 필요는 없다. 때로는 피하는 것도 지혜다.

아직도 추락 중인 자신에게
포기하라 부추기고 있다면
생각을 반전할 필요가 있다.
바닥을 치면 오르는 일이 남아 있고,
언젠가는 불행이 행복이 될 수도 있다는 것을
확인해보고 싶지 않은가.

그저 평범하게 살고 싶을 뿐인데

"이대로 포기해야 할 것 같아. 더 이상은 버틸 수가 없어. 성공은커녕 유
지하는 것조차 힘들어. 안타깝지만 나에게 주어진 행운은 여기까지인
것 같아."

인터넷 쇼핑몰을 운영하는 지인이 심각한 표정으로 사업을 포기할 것이
라고 말했다. 처음 시작할 때부터 수월한 환경은 아니었지만 그런대로
쇼핑몰은 성장하고 있었다. 그는 대학원을 졸업하고 바로 사업을 시작
했다. 서른 중반이 되도록 다른 일은 한 번도 해본 적이 없었다. 오로지
한길만 바라보며 8년간 운영했던 사업을 정리한다는 것은 말로 다 표현
하기 힘들 만큼 허탈하고 비참하다 했다.

"오기가 있어서 포기하겠다는 말도 쉽게 나오지 않고, 독하게 마음먹고
갈 데까지 가볼까 싶었는데, 더 이상은 안 되겠어."

비 오는 수요일에 안타까운 소식을 들으니 빗소리마저 구슬프게 들렸
다. 오랫동안 고생한 지인에게 속히 어려움이 지나가고 좋은 소식이 생
겼으면 하는 간절한 마음이 들었다.

드라마틱한 영화 속 주인공도 아닌데

우리가 사는 세상에는 참 다양한 일이 벌어지고 있다. 잔잔한 호수처럼 살아가는 사람들은 거친 풍랑을 맞으며 살아야 하는 사람들의 상황을 헤아리기 힘들 정도다. 어려움을 겪고 있는 사람들에게 힘내라고, 그래도 모든 게 다 나쁘지만은 않을 거라며 어설픈 위로를 건넨다. 하지만 휘몰아치는 바람을 맨몸으로 맞으면서 삶의 행복과 기쁨을 찾기란 쉽지 않다. 인간이라는 존재는 본래 거대한 세상의 이치 앞에 턱없이 연약하고, 어떤 이유에서든 불행의 원인을 해독할 수 없다. 다만, 우리가 아는 건 원하든 원하지 않든 자신에게 일어나는 일을 어떤 자세로 받아들이느냐에 따라 이후의 삶이 달라진다는 것이다.

"설마, 내가 못 걷나? 평생 이렇게 살아야 하나? 다리를 만져보고 바늘로 찔러도 보고 꼬집어도 보고 그때부터 짜증나면서도 반성도 많이 했다. 진짜 일주일 동안 여태까지 했던 나쁜 짓 다 반성했다. 용서해달라고, 나 낫게 해달라고. 도움 받는 것이 싫어 밥도 안 먹었다."

강원래 씨는 1990년대 댄스 가수로 이름을 날렸지만, 느닷없는 교통사고로 장애를 입었다. 두 번 다시 걸을 수 없다는 말을 듣고 그는 얼마나 큰 충격을 받았을까. 어제까지 몸을 던져가며 춤을 췄는데 하루아침에 날벼락을 맞은 것이다. 그 무엇으로도 되돌릴 수 없는 일이 되고 말았다. 누구라도 그와 같은 상황에 직면했다면 절망하지 않을 수 없으리라! 빠져나오고 싶지만 결코 그럴 수 없는 깊은 늪. 그가 절망의 끝에서 선택할 수 있는 것은 두 가지뿐이었다. 떨어지든가, 아니면 다시 살기 위해 뒤돌아서든가!

교통사고 이후 강원래 씨는 더 왕성한 활동을 펼치며, 자신과 같은 일을 겪은 사람들에게 용기와 희망을 주는 일을 하고 있다. 휠체어에 의지한 채 10년 넘게 라디오 DJ로 활동하고, 강릉에서 댄스 학원을 운영하고, 장애인이 되어 겪었던 자신의 일들을 직접 시나리오로 집필하여 독립영화를 제작하였다. 동시대를 사는 사람으로서 놀랍고 감사한 마음이 든다.
그가 인생의 대전환을 맞게 된 것을 '고통은 결국 잊히게 마련'이라는 얄팍한 말로는 설명할 수 없다. 물론 어떤 대단한 즐거움이나 아픔도 시간이 지나면 잊히게 마련이라는 건 사실이지만, 그가 얼마나 뼈를 깎는 노력으로 절망에서 빠져나왔는지 조금이라도 상상할 수 있다면, 그 노력과 생각의 무게를 함부로 진단해서는 안 될 것이다. 어떤 역경이라도 사람이 마음먹으면 극복할 힘이 있다는 사실을 목도하면서, 나에게도 그런 힘이 솟아오르기를 바랄 뿐이다.

"그만두지 않고 다시 해보기로 했어. 곰곰이 생각해보니 지금 포기할 순 없겠더라고. 바닥을 치면 오르는 일만 남는다는 말을 철석같이 믿고 앞만 보고 살았는데, 그 말이 맞는지 확인해봐야 하지 않겠어!"

8년간 경영한 쇼핑몰을 정리하겠다던 지인은 결국 또다시 고민을 거듭한 끝에 사업을 재정비했다. 지금은 규모가 제법 큰 종합쇼핑몰을 운영 중이며, 매출도 안정적이고 직원도 많이 늘었다. 사업을 정리하려던 시점이 바닥을 치는 시점이었고, 재정비 이후 회사는 극적으로 조금씩 성장한 것이다.

이런 드라마틱한 반전으로 인하여 그는 난데없이 주변 사람들의 눈물, 콧물을 흘리게 만드는 드라마의 주인공이 되었다. 나쁘지 않다. 사람은 누구나 각본 없는 다큐멘터리 영화를 찍으며 살아가나 보다.

불행을 역전시키는 것, 이것도 사는 맛이지!

불행이 행복이 된다! 이는 억지 희망을 만들기 위해 만들어진 말이 아니다. 동서를 막론하고 지혜를 담은 속담이나 격언은 결국 옛사람들이 직접 겪고 나서 만든 것이기에 덮어놓고 무시할 수는 없다. 고리타분하거나 허무맹랑한 개념이 아니라 인생에 대한 깊은 통찰과 깨달음을 통해 만들어낸 것이니까.

그래서 격언이나 명언은 종종 현실 세계에서 생명력을 얻는다. 가능성조차 거론하기 힘들 정도의 암울한 상황 속에서 희망을 가진 후 길을 보았다는 사람들의 경험담이 심심찮게 들려온다. 절망에 빠졌던 이들은 그것을 딛고 일어서면서 "불행이 오히려 반전의 계기가 되었다"라고 말한다. 벼랑 끝에 선 상황에서 어떠한 결정을 해야 할지 막막할 때 불현듯 떠오른 속담이나 격언이 생각을 바꾸는 계기가 된다면 얼마나 다행한 일인가. '바닥을 치면 오르는 일만 남는 것이다'라는 문장 한 줄에 생명을 연장한 사람들도 있다. 불행으로 끝날 거라고 절망했지만 드라마 같은 반전으로 해피엔딩이 된다면 자기 자신도, 바라보는 사람도 너무 감격스럽지 않을까. 세상에는 이런 일이 많이 일어나고 있다. 그래서 살아볼 만한 것 같다. 그러니 세상사가 내 뜻처럼 되지 않는다 하여 냉소적으로 살 필요는 없다. 희망을 품을 최소한의 조건이라도 갖출 수 있다면 너무 서둘러 결론을 내릴 필요는 없다.

영국이 낳은 세계적인 지휘자 제프리 테이트는 선천적인 장애로 의자에 앉아 지휘한다. 그렇지만 왼쪽 다리 마비라는 장애가 그의 활동에 방해 요인이 된 적은 없었다. 그는 제네바 오페라단의 지휘자이며, 메트로폴리탄 오페라단의 공연을 지휘하기도 했다. 그의 부모님은 그가 배고픈 예술가의 길을 걸을까 봐 의대 진학을 권했지만, 그는 인턴 수련을 마친 후에도 자신의 꿈을 포기하지 않았다. 그는 자신이 꿈꾸던 대로 존경받는 음악가로서의 삶을 살다가 2017년 6월에 영면했다.

세계적인 대문호 헤르만 헤세는 어린 시절 신경쇠약과 자폐증에 시달렸다. 결혼한 후에도 아내의 정신병과 자신의 병으로 어려움을 겪었지만, 문학을 향한 열정은 결코 꺾이지 않았다. 계속되는 신경장애 때문에 정신과 의사로부터 심리요법 치료를 받으면서 프로이트 심리학을 연구했고, 자신의 아픔을 작품에 투영하여 《수레바퀴 밑에서》, 《데미안》 등의 대작을 집필했다. 그는 1946년에 노벨 문학상을 수상하였는데 그의 작품들은 명상적이라는 특징이 있다. 자신의 신경장애를 치료하기 위해 받았던 심리요법이 책 속에 스며든 것이다.

자신에게 닥친 불행을 역전시킨 사례는 영화 〈수퍼맨〉의 주인공 크리스

토퍼 리브, 시각장애인 블루스·소울 가수 레이 찰스, 시각장애인 수영 선수 타마스 다르니, KO승으로 재기에 성공한 의족 복서 크레이크 보자노프스키, 가난과 인종의 벽을 극복하고 성공한 재즈의 선구자 루이 암스트롱 등등 수없이 많다. 외팔이 드러머로 유명한 릭 앨런은 누구나 가지고 있는 의지의 힘을 강조하며 말했다.

"어려움을 겪어보지 않은 사람은
인간이 얼마나 강한 존재인지
알기 힘듭니다."

아직도 추락 중인 자신에게 포기하라 부추기고 있다면 생각을 반전할 필요가 있다. 바닥을 치면 오르는 일이 남아 있고, 언젠가는 불행이 행복이 될 수도 있다는 것을 확인해보고 싶지 않는가. 속담이나 격언에 깃든 선인들의 지혜는 받아들일 가치가 충분하다. 무엇보다도 나 자신을 위해서, 지푸라기라도 잡고 싶은 심정일수록 절망하기보다 희망을 가져야 한다. 꿈을 꾸는 것도 습관이다!

중요한 건 내가 그 길 위에 왜 서 있는지,
어디를 가고 싶은지를
분명히 기억해야 한다는 것이다.
그리고 함께 걸어가는 이들과
도란거림을 놓치지 않으면 된다.

늘 다니던 길도 헤맬 수 있거든

우연찮은 기회에 '강남엄마'를 만난 적이 있다. 내가 그녀를 강남엄마라고 지칭하는 이유는 실제로 강남에 살기도 하지만 자녀교육과 관련하여 강남의 엄마들이 한다는 것을 대부분 실천하고 있기 때문이다.

"우리 아이는 하루 스물네 시간 철저한 계획대로 움직이고 있어요. 학교 끝나고 수영 학원, 국영수 과외, 바이올린 학원으로 순회하죠. 정확히 계획대로 공부를 하니까 원하는 성적이 나오고 있고, 이렇게 철저히 관리하면 인in 서울은 충분히 가능할 것 같아요. 의대를 생각하고 있는데, 아직 정확한 분야는 정하지 못했어요. 이제 중학교 1학년이니 5년만 열심히 하면 돼요. 우리 아이는 완벽하게 입시를 준비하고 있어요."
과연 그 아이는 엄마의 바람대로 숨 쉴 틈조차 없는 치밀한 계획을 잘 버텨낼 수 있을까? 완벽한 입시 준비와 하루 일정을 자랑하는 엄마의 강한 의지가 왠지 부담스럽다. 물론 이렇게 하지 않으면 바라고 바라는 인 서울 진학이 물거품이 된다고는 하지만, 아이의 공부도 아이의 인생도 엄마의 계획대로만 움직일 수 있을까?

계획대로만 되는 인생이라면 얼마나 좋겠냐마는

사람과 달리 감정이 없고 변수도 없는 컴퓨터로 일을 진행한다면 성공할 수 있을까. 인공지능 시대가 도래하면서 많은 이가 '기계의 완벽함'으로 '사람의 불완전성'을 보완하려 시도한다. 하지만 감히 말하건대 기계도 사람도 결코 완벽할 수 없으며, 100퍼센트 계획대로 일을 수행할 수 없다.

모르는 길을 찾을 때 유용한 내비게이션을 사용해본 경험이 있을 것이다. 요즘 내비게이션 없는 자동차는 없지 싶다. 통신사에서 제공한 길 안내 서비스도 잘 되어 있다. 지방 출장이 잦은 사람들에게는 더할 수 없이 고마운 길동무다. 내비게이션이 없었다면 그 많은 지방 출장을 어떻게 다녔을지 생각만 해도 아찔하다. 가끔 경로를 이탈해도 도착 시간까지 알아서 척척 계산해주니 시간관리 면에서도 똑 부러진 비서 못지않다.

그러나 눈부시게 발전한 과학을 자랑하는 내비게이션도 100퍼센트 완벽하지는 않다. 아직 목적지를 찾지도 못했는데, 목적지에 도착했다며 안내를 종료하거나 프로그램이 다운되기도 한다. 산간 지방이나 오지의 길 위에서는 길을 지속적으로 맴돌게 하거나, 통신 상태의 불안정으로 연결이 지연되어 시간에 쫓기는 운전자의 마음을 바짝 긴장시킨다. 거의 다 와서 헤매거나 멈춰버리면 아쉬움은 두 배로 커진다. 인간이 아무리 치밀하게 계획한다고 해도, 뛰어난 기술이 발명된다고 해도, 잘 가던 길을 잃어버리는 사태는 얼마든지 벌어질 수 있다.

중요한 점은 길을 헤매는 원인이 나 때문이든 타인 때문이든 상관없이, 길을 헤맨다고 해서 인생의 실패라고 할 수는 없다는 것이다. 단번에 목적지에 도착하면 더할 나위 없이 좋겠지만 그 단번이라는 것이 살아보니 언제든지, 누구에게나 적용되는 것은 아니었다. 이 길 저 길 헤매면 좀 어떤가, 목적지에 도착하기만 하면 되는 것을. 겸손한 마음가짐으로 한 발 한 발 내딛다 보면 오히려 남들보다 먼저 목적지에 도착할 수도 있다.

완벽하게 방향을 제시해도 사람은 길을 잃게 마련이다. 곁눈질하지 않고 가는 것도 우리의 일상이요, 어느 순간 가던 길을 잃고 헤매는 것도 우리의 일상이다. 길을 잃고 돌고 돌아 처음 있던 자리로 돌아온다고 해서 자책할 필요는 없다. 길을 잃는 것도, 다시 처음의 자리로 돌아오는 것도 과정일 뿐이다. 그 과정에서 겪는 순간순간의 경험이 삶의 값진 지혜로 남는 것이고, 그렇게 얻은 지혜야말로 나를 제대로 이끌어줄 인생의 내비게이션이 된다.

완벽하다고 좋은 것은 아니다. 완벽하다고 해서 행복하기만 한 것도 아니다. 성공한 인생이라고 말할 수도 없다. 다행스럽게도 세상에 완벽한 것은 없으며, 사람의 인생은 더욱 그러하다. 그런데 무엇을 위해 완벽이라는 틀을 짜고, 그 틀 속에 밀어 넣으며 살아가려고 할까. 자신이 왜 사는지, 살아가는 목적이 무엇인지 알지 못하면서 말이다.

뻔질나게 다니던 길도 어느 순간 헷갈릴 수 있다. 좀 헷갈린다고 뭐 잘못된 것은 없다. 약간의 시간만 지체될 뿐 마음만 허둥대지 않으면 아무 일 없었던 것처럼 다시 길을 찾을 수 있다. 가던 길을 다시 가면 된다. 혹시라도 찾는 길이 도저히 생각나지 않으면 지나가는 사람들에게 살짝 물어봐도 될 일이다. 매사에 완벽할 필요는 없다.

완벽한 것은 없다. 인간의 삶도 마찬가지다. 처음부터 완벽해지려고 하는 마음 자체가 잘못된 것인지도 모른다. 자신의 욕구 때문에 스스로와 상대방을 완벽함이라는 헛된 틀 속에 가두면 무리가 생긴다. 이것은 병이다. 모두가 불편해지는 '억지병'이다.

당신, 왜 그렇게 변해가는 거야?

그런데 우리 삶에서 결코 잃어버려서는 안 되는 내비게이션이 있다.

궁극적으로 어떻게 살고 싶은지를
잃어버리면 안 된다.

길을 찾는 내비게이션이 없으면 택시를 타거나 지하철, 기차를 타면 된다. 하지만 인생 내비게이션을 잃어버리는 것은 심각한 문제다.

인생 내비게이션을 잃어버리면 목적지가 없기 때문에 어디로 가야 할지, 어떤 길이 최적의 길인지, 가는 동안 어떤 장애가 있는지를 알 수 없다. 제대로 된 원칙이나 규칙도, 주의해야 할 위험한 것들도, 반드시 겪고 지나가야 할 일들도 짐작할 수 없다.

인생 내비게이션이 없는 사람들의 특징 중 하나는 스스로의 변화를 감지하지 못한다는 것이다. 뚜렷한 목적을 가지고 길을 가는 사람들은 상황에 따라 유연하게 자신을 변화시킬 줄 알고 이를 의식하며 산다. 그러나 목적의식 없이 닥치는 대로 살아가면, 상황에 따라 변화하는 자신을 미처 의식하지 못한다. 능동적인 변화가 아닌 수동적인 변화이기 때문이다. 그래서 가족이나 친구들이 왜 그렇게 변하는 것이냐며 물어도 딱히 대답할 수 없다. 그저 "그래, 나 변했어. 이제 됐어?"라며 소리칠 뿐이다.

아내 당신, 변해도 너무 변한 것 아냐? 결혼한 지 얼마나 지났다고?

남편 내가 변했다고? 난 늘 그대로인데! 당신이 변한 거겠지.

상사 J는 요즘 무슨 일 있어? 신입 사원일 때 얼마나 싹싹했는지 몰라. 요즘은 말도 걸기 어려울 정도야. 왜 그렇게 차갑게 변하는 건지 모르겠어.

J 동기 글쎄요. 저도 동기인데 말 걸기 무서울 정도예요.

엄마 취직한 지 얼마나 됐다고 벌써부터 지각하는 거야?

아들 일어날게, 출근하면 되잖아.

사람은 변한다. 인정하고 싶지 않지만 인정할 수밖에 없다. 특히 믿었던 사람이 변했음을 인정하는 데까지는 오랜 시간이 걸린다. 연애를 할 때 "오빠는 안 변하니까 걱정하지 않아도 돼"라고 안심시키지만, 막상 결혼하고 나면 대부분의 남편이 변해간다. 물론 아내도 변한다. 연애할 때 "난 잔소리 같은 거 안 해"라고 하지만 시간이 지나면 자신도 제어하지 못하고 잔소리를 쏟아낸다.

변하는 것은 너무 당연하다. 변할 수밖에 없는 이유는 서로 다르지만 변해가는 과정은 자연스러운 것이다. 가정에서, 회사에서, 친구 사이에서,

자신이 처한 입장과 역할이 변하니 자연히 그 입장과 역할에 맞는 사람으로 변해야 한다.

문제는 그 변화가 능동적인지 수동적인지, 그리고 자기 인생의 목적에 맞는 변화인지 아닌지에 있다. 자신의 인생 목적에 맞고 능동적인 변화라면 좋지만, 그 반대의 경우는 좋지 않다. 자신이 처한 입장과 역할과는 전혀 어울리지 않는 변화, 현실에 부합하지 못한 변화는 인간관계상 갈등을 야기하고 불만족을 키운다.

미국의 코미디언 에디 캔터는 말했다.

"천천히 삶을 즐겨라. 너무 빨리 달리면 경치만 놓치는 것이 아니다. 어디로 가는지 왜 가는지도 놓치게 된다."

빨리 가는 게 뭐 대수일까. 길가에 늘어선 풀 한 포기, 나무 한 그루의 아름다움을 감상할 수 없다면 무슨 재미일까. 놓쳐서는 안 될 것조차 놓쳐가며 빨리 달리는 것은 무엇을 위한 걸까.

중요한 건 내가 그 길 위에 왜 서 있는지, 어디를 가고 싶은지를 분명히 기억해야 한다는 것이다. 그리고 함께 걸어가는 이들과의 도란거림을 놓치지 않아야 한다는 것이다.

우리에게는 용기가 필요하다.
험한 세상을 헤쳐 나아가기 위해서는
거절할 용기도, 고독을 즐길 용기도,
비난받을 용기도, 스스로 책임질 용기도 필요하다.

대범하게 살고 싶어

"동생 사정이 정말 안 좋아. 그렇지만 나도 누구를 도울 형편이 못 되어서 정말 속상한 거야. 거절하기 너무 힘들더라고. 거절하고도 한참 동안 고민했어. 왜 내가 나쁜 사람인 것 같지?"

오랜만에 통화한 친구 C는 첫머리부터 한숨을 쉬었다. 동생에게서 돈을 빌려달라는 부탁을 받았는데 거절했다는 것이다. 자신이 생각해도 너무한다 싶었지만, 어쩔 수 없었단다. C는 이런 현실이 너무 야속하다며 하소연했다. 무슨 큰 잘못이라도 저지른 사람처럼 앞을 똑바로 못 보겠단다. 가족애도 돈 앞에서는 한순간에 무너지는구나 싶었고, 어쩔 수 없다는 것을 알면서도 며칠 동안 밥맛을 잃을 정도로 속상했다고 한다.

거절한다고 다 나쁜 것은 아니다

거절은 죄가 아니다. 이유 있는 거절은 더욱 그렇다. 거절당했으니까 얼굴도 보지 않겠다 앙심 품는 사람이라면 영영 보지 않고 살아도 괜찮다. 사람이 살면서 거절은 생활필수품이다. 어쩔 수 없어서 거절해야 할 때도 있고, 합리적이지 않아서 거절해야 할 때도 있다. 내가 아니라 가족 때문에 거절해야 할 때도 있고, 부탁한 사람을 믿지 못해서 거절할 때도 있다. 나에게 부탁한 사람이 피를 나눈 가족일지라도 내가 할 수 없는 일을 하겠다고 나설 수는 없는 것이다.

그런데 우리는 거절할 때마다 나쁜 사람이 된 듯한 죄의식에 빠지고 자괴감마저 느낀다. 거절하고 난 뒤 다시 만나도 아무렇지 않을 수 있어야 하거늘, 우리는 거절에 대해서만큼은 여전히 구시대적 마인드로 접근한다.

이제는 거절에 대한 의식을 바꿔야 할 때가 오지 않았나 싶다. 거절하지 않고 다 해줄 수 있다면 좋겠지만 현실적으로 불가능하다. 오히려 기분 나쁘지 않게, 상대방이 충분히 이해할 수 있도록 거절하는 게 현명한 것 아닐까. 부탁하는 사람도, 거절하는 사람도 다시 만나는 순간 어색하지 않다면 더욱 좋을 것 같다.

거절은 뻔뻔함이 아니다. 나쁜 것도 아니다. 제임스 알투처와 클라우디아 알투처의 공동 저서 《거절의 힘》에는 사업 실패와 실연 등으로 온갖 역경을 헤쳐온 그들의 지혜가 고스란히 담겨 있다. 역경을 견딜 수 있었던 것은 거절의 힘 덕분이라고 당당히 밝힌 저자들은 온갖 부정적인 상황들을 강하게, 아주 확실하게 '노No'라고 말해야 한다 강조한다. 첫 거절은 어렵지만 거절도 습관이기 때문에 연습이 필요하다고 조언한다.

부탁을 거절하지 못하는 이유는 인간관계 때문에, 보은報恩 때문에, 미안한 감정 때문에, 의리 때문에, 어쩔 수 없는 상황 때문에 등 다양하다. 하지만 결국 한마디로 요약하면 타인의 시선에 맞추어야 한다는 무의식적 압박 때문이다. 부탁을 거절하면 그 사람이 나에 대해 안 좋게 생각하거나 혹은 소문을 낼까 봐 두려워하는 것이다. 그의 기대에 부응해서 기쁘게 해주고 싶다는 욕망도 있다. 즉, 나보다는 타인의 행복을 좀 더 생각하는 것이다.

타인의 시선은 우리에게 은근한 스트레스다. 남이 나를 어찌 보든지 신경 쓰지 않고 살면 좋겠지만 그게 잘되지 않는다. 타인을 의식해서 부탁을 들어준다면 나를 위해서 사는 것이 아니라 타인을 위해 사는 꼴이 된다. 사람들의 시선에 대해 강약 조절이 필요하다. 나와 타인의 시선 사이에서 적당한 타협점을 찾아내야 한다.

부탁을 수락하고 아무 탈이 생기지 않으면 다행이지만, 뜻하지 않은 문제가 생기면 부탁한 사람도 부탁을 수락한 사람도 위험에 처할 수 있다. 그래서 부탁을 받으면 신중하게 고민해야 한다. 발생 가능한 문제를 예상해보고 그것을 내가 충분히 감당할 수 있을 때 부탁을 받아주면 된다. 반대로 그렇지 않다면 당연히 거절해야 한다. 거절할 때는 마음도, 입도 무거워진다. 하지만 거절이 뻔뻔함은 아니다. 냉정한 분석과 판단으로 불행을 피하고자 하는 자기방어이다.

우리도 여러 면에서 많이 달라져야 한다. 부탁하는 사람도, 거절하는 사람도 달라져야 한다. 빚보증 부탁을 받으면 흔쾌히 수락하던 시절도 있었지만 지금은 금전적 부탁과 거절이 개인과 개인보다는 기관을 통해 진행하는 문화로 점차 변화되고 있다. 합리적인 변화라고 생각한다.

인생을 내 뜻대로 살 수 있는 용기

나와 타인의 유익을 냉정하게 고려해서 결정하는 사람을 보면 참 대범하다는 생각이 든다. 누구나 대범한 사람이라는 평가를 받고 싶어 한다. 특히 직급이 높거나 총괄책임을 맡는 사람이라면 아랫사람에게 대범한 상사로 보이고 싶은 것은 당연하다. 가정을 이룬 남성이라면 아내와 자녀들한테 대범하게 비춰지려는 노력을 기울인다. 별거 아닌 일에 호들갑 떠는 남편보다는 불안에 떠는 가족을 안심시킬 가장이 되고 싶다. 대범한 스타일의 아빠라고 느껴질 때 스스로 생각해도 괜찮은 가장이라는 만족감을 느끼기 때문이다. 속으로야 어떤 마음이 일렁이든 최소한 겉으로는 대범한 사람으로 비치길 누구나 바란다.

많은 이가 바라는 대범한 사람이란 어떤 인물일까. 컨설턴트이자 강연 전문가인 스티브 시볼드는 저서 《푼돈에 매달리는 남자 큰돈을 굴리는 남자》에서 26년 동안 수백 명의 백만장자와 나누었던 인터뷰를 정리했다. 그는, 대범한 부자들은 진취적이고 적극적인 반면 가난한 사람들은 소심하고 겁이 많다고 했다.

사실, 그의 주장을 처음 접할 때 나는 선뜻 인정할 수 없었다. 대범하다고 하여 큰돈을 벌거나, 소심하다고 하여 돈 버는 재주가 부족하다고 단정하기란 어려웠기 때문이다. 단지 돈에 대한 태도의 차이일 뿐이라고만 생각되었다. 하지만 최근 생각이 바뀌고 있다. 언론보도를 통해 빚의 아이콘이라고 하는 몇몇 사람의 보도를 접하면서 큰돈 굴리는 사람에 대한 생각을 다시 하게 된 것이다.

사업하다 100억이 넘는 빚을 떠안고 10년이 훌쩍 넘도록 빚을 갚아가는 사람, 이혼하고도 20억이 넘는 아내의 빚을 갚아가는 사람, 주변인들 모르게 동업자의 빚 70억을 떠안고 갚느라 죽도록 일하고 있는 사람이 있다. 이들의 공통점은 겉으로 아무 일 없는 것처럼 행동한다는 것이다. 줄기차게 빚을 갚느라 수입 대부분이 통장에서 빠져나가지만 포기하지 않고 꿋꿋하게 자기 일을 해나간다는 것이다. 빚을 갚는 데 그치는 게 아니라 더 큰돈을 모으기도 한다. 나라면 도저히 감당해낼 수 없을 것만 같은데 말이다. 그야말로 대범함의 극치가 아닐 수 없다. 큰돈 굴리는 사람은 확실히 뭔가 다른 게 있는 모양이다.

인간관계에 정통한 심리학자들은 대범한 사람들을 '자신의 뜻대로 사는 사람들'이라고 말한다. 《내 인생 내 뜻대로 사는 용기》의 저자 로버트 앨버티는 강조한다.

'살아가면서 대부분 자기 뜻보다는 주위 사람들의 뜻에 따라 움직이는 경우가 많다. 그런데 대범한 사람들은 남의 눈치를 잘 보지 않으며, 자신감

이 넘쳐 쉽게 위축되지도 않고, 불필요한 열등감으로 사로잡히는 일도 드물다.'

같은 맥락으로 EBS의 〈60분 부모〉에서는 행복한 엄마가 좋은 엄마이고, 대범한 엄마가 좋은 엄마가 된다고 소개된 바 있다.

대범한 사람들은 하나같이 탁월한 협상 능력을 가지고 있다. 협상이란 목적에 부합되는 결정을 위해 서로 의논하여 의견을 좁혀나가는 것이다. 상호 타협점을 찾는 것도 중요하고, 스스로와 타협하는 것도 중요하다. 이런 기질을 갖춘 사람은 인간관계와 사회생활에서 매우 유리하다.

사실, 우리나라 현실을 냉정하게 따져볼 때 대범해져야만 하는 환경이지 싶다. 당장 무엇인가 크게 잘못되는 것도 아닌데, 핏대까지 세우며 싸워야 하는 경우가 있다. 당연히 거쳐야 할 의견 조율 과정에서 불필요하게 감정적 대립을 하고, 일이 끝난 후에도 앙금을 남긴다. 나이가 들수록 대범해져야 하는 것이 당연하지만 현실은 반대인 경우가 많다. 우리가 자꾸만 지질해지는 것이 우리 탓인지 현실 탓인지 알 수 없지만, 한심스러움에서 벗어나기 어렵다.

용기 있고 대범하다는 것은 성격이나 태도에서 사소한 것에 얽매이지 않으며 너그럽다는 의미다. 큰일을 겪다 보면 그 사람이 용기 있는지 대범한지의 여부를 단번에 알 수 있다. 대범한 사람들은 속으로는 어떤지 모르겠지만 적어도 겉으로는 말짱해 보인다. 작은 일에도 큰일이 생긴 것처럼 안달하는 사람과는 확실히 천지 차이다.

우리에게는 용기가 필요하다. 험한 세상을 헤쳐 나아가기 위해서는 거절할 용기도, 고독을 즐길 용기도, 비난받을 용기도, 스스로 책임질 용기도 필요하다. 이 용기라는 것이 나이를 먹는다고 그냥 생기는 건 아니다. 물론 어리다고 용기가 없는 것 또한 아니다. 용기 있는 사람이 어떤 이유에서 그것을 발휘하는지 모르겠지만 평범한 나는 그저 부러울 따름이다.

내가 살기 위한 거절은 죄가 아니다. 한 번의 거절로 불신자不信者 취급을 받는 것은 정당하지 않다. 상대방도 나도 거절을 통해 더 나은 선택이 될지 모른다. 현명하게 거절하고, 합리적으로 받아들일 수 있는 것도 요즘 시대를 살아가는 사람들에게 필요한 일반 상식이다.

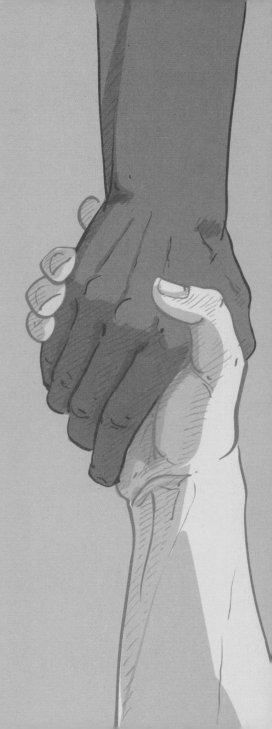

내가 살기 위한 거절은
죄가 아니다.
한 번의 거절로
불신자 취급을 받는
것은 정당하지 않다.
상대방도 나도 거절을 통해
더 나은 선택이 될지 모른다.

지금은 무작정 참는다고 되는 시대도 아니고,
무작정 버틴다고 잘되는 시대도 아니다.
요령껏 이모저모 따져보고,
참는 것도 정도가 있어야 하고,
버티는 것도 한계를 두어야 한다.

무조건 버티는 시대는 끝났다

소극장에서 연극을 하는 무명 배우 J씨는 오늘도 텅 빈 객석을 바라보자니 한숨이 나온다. 연극영화과를 졸업하고 시작한 연기생활이 벌써 4년이 넘는다. 잘나가는 동료들은 이미 TV드라마 연기자나 영화배우로 활약하는데, 자신은 여전히 관객들이 찾지도 않는 무대를 지키고 있다. 스타가 되는 데 뼈아픈 성장통은 필수라며 잘해내리라 스스로를 위로하지만 언제까지 이렇게 비참한 생활을 해야 할지 막막하다.

B 과장은 오늘도 상사한테 꾸지람을 들었다. 그 머리로 어떻게 입사하고 과장까지 달았는지 의문이라고 말하는 상사의 끝말이 뒷목을 뻐근하게 만든다. 뭐 하나 잘해내는 것 없이 여기 치이고 저기 치여서 회사를 제대로 다닐 수 있을지 의문이다. 스스로 괜찮은 젊은이라고 생각한 자신만의 과대평가가 와르르 무너지는 순간들을 매일 직면하고 있다.

아픈 만큼 정말 성장하는 걸까

잘되기 위해서는 반드시 아픔이 따라야 한다고들 말한다. 누구나 그렇게 힘든 것 다 겪고 나서야 잘될 수 있다는 것이다. 하지만 세상에 이런 억지가 어디 있을까 싶다. 참 무책임한 말이다. 이런 말들의 결론은 잘될 때까지 아프든 말든 버티며 나를 단련시켜야 한다는 것이다. 성장통은 기본적으로 겪어야 하는 거라며.

사회는 성장을 위한 통증을 당연시하지만, 정작 나는 하루하루 용기를 잃고 무력하게 가라앉는다. 지금 성장하고 있는지 아닌지도 알 수 없고, 그저 나 자신이 초라할 뿐이다. 누구에게 도와달라고 할 처지도 못 된다. 어디서부터 잘못되었는지도 모르겠다. 세상을 향해 드높게 날아오르겠다는 꿈을 꾸던 야무진 나는 어디로 간 것일까.

성장통은 원래 3~12세 사이의 성장기 아동들에게서 흔히 나타나는 하지 통증을 말한다. 주로 종아리, 허벅지, 무릎 위에 발생하는 통증이다. 특별한 치료 없이 괜찮아지며, 만약 통증이 심하면 간단한 전신 목욕이나 마사지 등으로 통증을 완화할 수 있다. 하지만 성인이 겪는 성장통은 이것과 전혀 다르다. 몸이 아닌 마음이 아픈 것이고, 어른이 되기 위한 통증, 성숙한 마음으로 가는 과정, 혹은 인생을 터득해가는 것으로 일컬어진다. 육체적 성장통보다 한 차원 더 높은 통증이라고도 한다.

그런데 성숙해지기 위해서는 누구나 반드시 성장통을 겪어야 하는 걸까. 물론 성숙한 사람이 되기 위해, 강인한 사람이 되기 위해 어느 정도 어려움을 겪어야 한다는 것은 이해할 수 있다. 쇠가 뜨거운 불에 달궈지고 두들겨지는 과정을 거쳐 더욱 단단하고 질긴 성질을 갖는 이치일 것이다. 아무런 역경 없이 탄탄대로만을 걷는다면 갑작스런 위기에 훌륭하게 대처하는 건 어려울 것이다. 아무리 잘나간다 하더라도 평생을 폭풍 질주만 할 수는 없는 법, 올라가고 나면 언젠가는 내려와야 한다. 인생의 오르막과 내리막에 잘 적응하기 위해 일정한 연단의 시기는 필요하다. 앞만 보고 가던 사람이 길을 잃었을 때 제자리로 돌아오는 것은 쉽지 않다. 인정한다. 잘못을 예방하기 위해서 성장통을 강조하는 것도 이해된다.

하지만 모든 사람에게 성장통이 긍정적인 결과를 가져오는 것은 아니다. 스스로의 선택이라면 모를까, 주변의 강제적 요구라면 사정은 달라진다. 의지가 약한 이에게 무작정 강요하고, 무작정 버티면 된다는 것은 사람 잡는 일이다. 지금은 무작정 참는다고 되는 시대도 아니고, 무작정 버틴다고 잘되는 시대도 아니다. 요령껏 이모저모 따져보고, 참는 것도 정도가 있어야 하고, 버티는 것도 한계를 두어야 한다. 너무 아프다고 소리치는데도 성장통이라고 무시하는 것은 큰 병을 키우는 짓이다.

어른을 위한 일기장

멀리 가려면 함께 가야 한다는 말도 있지만, 무엇보다 지치지 않아야 멀리 갈 수 있다. 우리 앞에 놓인 시간은 일상이 어김없이 반복되어야 차곡차곡 채워갈 수 있다. 성장통이든 아니든 자신에게 다가오는 힘든 일들을 극복하는 것은 피할 수 없는 과제이고, 어차피 그 과제를 해야만 한다면 좋은 방법을 찾아야 한다.

딴지그룹 총수 김어준은 불편하지만 반드시 겪어야 하는 것이 성장통이며, 인생에서 정면 돌파해야 할 것이라고 지적하기도 했다. 《30대 성장통 묻고 답하다》의 저자 다사카 히로시는 사람이 언제 행복을 느끼는가에 대한 질문의 답을 심플하게 요약했는데, '바로 내가 가지고 있는 가능성을 발견했을 때, 즉 성장했을 때'라고 말했다. 성장이란 내 안의 가능성을 발견해주는 것이고, 성장이라는 씨앗의 싹을 틔우기 위해서는 관심이라는 햇살과 인내라는 양분이 필요하고, 가능성을 꽃피우기 위해서는 성장통을 겪어야 한다는 것이다. 그래서 성장통을 겪는 사람에게는 이겨내려는 자기 의지와 더불어 그 통증을 헤아리고 격려하는 주변의 배려가 필요하다. 사람의 성장은 개인의 노력과 외부환경이 함께 맞물려 이루어지는 것이다. 따라서 성장통을 무조건 개인이 감당해야 할 몫으로 돌리는 것은 온당치 않다.

결과적으로 개인의 성장을 이루어냈다고 해도, 그 과정 속에서 상처와 아픔을 입었다면 치유되어야 한다. 시간이 지나고 나면 흔적조차 남지 않을 것이라는 말로 무시하기엔 성장통의 통증이 만만치 않다. 아픔과 통증을 방치한 채 일만 죽어라 하는 것은 썩 좋은 방법이 아니다. 상처와 아픔은 방치될수록 나의 열정과 의욕을 좀먹는다.

어떤 방법이 좋을까? 무엇보다 스스로 자신의 내면을 깊숙이 들여다보고 토닥이는 게 필요하다. 좋은 책을 읽거나 음악을 듣거나 그림을 감상하는 것도 좋다. 일기를 쓰는 것도 추천하고 싶다. 물론 초등학교 이후 자신의 마음을 글로 적어보지 않아서 낯설고 새삼스러울 수 있다. 하지만 성인이야말로 감정과 생각에 솔직하기 어렵기 때문에 일기를 통해 묻어두었던 자신의 마음을 살펴보는 것이 필요하다.

아울러 사회적으로는 개인이 정당하게 노력했을 때 한 발 한 발 꿈으로 접근할 수 있는 구조인지 점검해야 한다. 아무리 노력해도 꿈을 이룰 수 없고, '그들만의 세상'에 들러리만 설 뿐이라면 대체 누가 통증을 감수하면서 성장하려 할 것인가. "요즘 젊은이들은 의지력이 약해"라고 한탄만 해서는 달라질 게 없다.

성장통이 성장을 위한 밑거름이 된다면, 그것을 구름판이라고 불러도 좋다. 구름판은 멀리뛰기나 뜀틀 운동 등을 할 때 뛰기 직전에 발을 구르는 판으로, 더 높이 뛰어넘는 데 필요한 도약판이다. 그냥 뛰었을 때는 높이뛰기가 잘 안되지만, 구름판을 제대로 밟고 뛰면 웬만한 높이는 넘을 수 있다. 뛰어넘는 데 엄두가 나지 않는 높이까지도 넘게 만든다. 그러니 성장통은 구름판인 것이다. 고지를 향해 돌진하는 군인에게는 목숨을 지켜주는 총이고, 야구 선수에게는 홈런을 가능케 하는 야구방망이이고, 작가에게는 걸작을 만들어내기 전의 습작 같은 것이다.

구름판을 밟고 뛴다고 해서 모두가 성공하는 것은 아니다. 하지만 적어도 새로운 세계로 통하는 관문은 만날 수 있다. 마술사의 구름판은 아니지만 내 꿈을 이루게 해주는 도구가 있다는 것만으로 든든하다. 사람들이 이 구름판을 기뻐하면서 당당하게 맞이할 수 있었으면 한다. 그런 상황이 속히 오면 좋겠다.

우리는
충분히

PART 2

오늘도 힘겹게 내 자리를 지켜내느라 갖은 애를 쓰고 있는 나
에게 이런 굳건한 기다림은 무엇을 안겨줄까? 기다림 뒤에 어
떤 일들이 일어날까? 생각만 해도 설레는 날이다. 오랜만에 느
껴보는 설렘, 이렇게 설레는 기분을 느끼는 것이 살맛 나는 인
생이지 싶다.

사랑받을
거예요

나아가야 할 때와 멈추어야 할 때를 분별한다는 것은
어쩌면 대박의 행운은 아니더라도 극한의 불행을 막아줄 방파제와 같다.
아무리 거친 파도가 위협해도 믿음직스러운 방파제가 있다면
한시름 놓고 안심할 수 있지 않을까.

나아갈 때와 멈춰 설 때 분별하기

"그 일에 적임자는 나뿐이라서 고민이 돼. 비용도 후하게 책정해주겠다고 했어. 이렇게 딱 맞는 일을 구하기가 쉽지 않아서 해보고 싶어."

평소 친분이 있는 기업으로부터 직원교육 프로그램을 의뢰받았다. 그회사에서 원하는 교육 내용과 내 경력이 딱 들어맞아서 회사의 교육 담당자는 경영진에게 내가 적임자라고 치켜세웠다. 나의 이력에 도움이될뿐더러 수입 면에서도 이득인지라 하고 싶다는 생각이 뭉게구름처럼커졌다.

"불과 며칠 전까지만 해도 일이 너무 많아서 조정해야겠다고 했잖아. 새일, 받을 수 있겠어? 어제도 일이 많아서 밤샘했잖아."

내 이야기를 묵묵히 듣고 있던 남편이 걱정스러운 표정으로 말했다. 평소에 내가 하겠다는 일을 지켜봐주는 편인지라, 나는 예상치 못한 말에당황했다.

"그렇긴 하지만…… 그래도 이렇게 나랑 꼭 맞는 일을 맡는 게 쉽지 않거든. 그 분야 전문가로 인정받을 절호의 기회야. 하늘이 주신 행운일수도 있어."

"글쎄…… 잘 생각해봐. 냉정하게 생각해서 당신이 그 일을 맡아 해낼수 없는 상황이라면, 그 일은 당신 것이 아닐 수도 있어."

남편의 차분한 충고는 끓어오르는 나의 의욕에 느닷없이 찬물을 끼얹었다. 그러나 이성적으로는 남편의 말이 합리적이라는 생각을 하면서도 '새로운 기회'를 잡고자 하는 욕망은 쉽게 사그라지지 않았다. 결국 고민해보겠다는 말로 그날의 대화를 끝냈다.

나의 욕망은 정당한가

살아가면서 좋은 기회를 만날 때가 있다. 남들이 뭐라 해도 내 눈에는 그게 하늘이 준 행운 같다. 좋은 기회는 그동안의 고생을 한 방에 보상받거나 남들보다 몇 계단 점프하게 해줄 것이므로 너나없이 부여잡고 싶어 한다. 인생 역전은 우리 모두의 꿈이므로, 좋은 기회란 우리에게 언제나 사막의 오아시스다.

인생 역전! 얼마나 환상적인가. 먹고사느라 피곤할수록, 궁지에 몰릴수록 좋은 기회 '한 방'은 더욱 간절해진다. 제삼자가 보기엔 허황되지만 당사자는 자신이 아직 죽지 않았음을 증명할 기대감이다. 그래서 경기가 나쁠수록 로또가 잘 팔리고 경마장이나 경륜장에 사람들이 북적거린다. 어김없이 행운이 나를 비켜간 뒤 후회를 반복할지언정 좋은 기회, 행운을 잡고자 하는 욕망은 멈추지 않는다.

어떤 일을 할 것인가 말 것인가를 결정할 때, 가장 먼저 생각해야 할 점은 그 일에 대한 나의 동기이다. 그 일을 다 수행했을 때 주어지는 결과에 대한 기대감보다 앞서서 생각해야 한다. '나는 왜 그 일을 하려고 하는가?', '하겠다는 결정은 합리적인가, 아니면 과도한 욕심인가?' 등을 먼저 짚어봐야 한다.

남편의 말을 듣고 며칠간 고민하다가 결국 그 일을 하지 않기로 마음먹었다. 냉정하게 생각해보니 좋은 기회임에는 틀림없지만, 내가 그 일을 맡는 것은 정말 무리였다. 그 일을 맡으려면 진행 중인 다른 일 두어 개를 포기해야 했는데, 이미 맡은 일을 새로운 일 때문에 포기하는 것은 말이 되지 않았다. 더구나 기존의 일들도 내게 왔을 때 참 좋은 기회라며 기뻐하지 않았던가. 결국 나는 당장 눈앞의 기회만 봤을 뿐 내 손안에 있는 기회의 가치는 간과했던 것이다.

회사의 교육 담당자는 이토록 좋은 기회를 거절하는 이유를 도무지 모르겠다고 했다. 거절당하리라는 예상을 하지 못했다는 말과 나와의 관계를 생각해 좋은 기회를 준 것이라는 그의 말에 한 번 더 세차게 흔들렸지만, 감사하고 미안한 마음을 전하는 것으로 마무리했다.

인생 역전의 '한 방'으로 보이는 일을 만났을 때, 그에 대한 나의 동기부터 짚어보자. 그리고 정말 내가 해낼 수 있는 일인지, 내가 그 일을 함으로써 누군가가 피해를 보지는 않는지 따져보자. 이것을 생각하지 않고 무작정 뛰어든다면 너무나 좋게 보였던 '한 방'의 기회는 지옥으로 변할 수도 있다. 늘 인생 한 방을 노리며 사는 사람의 무모함 때문에 그 가족이 평생 고단한 삶을 살아가는 모습을 주변에서 심심찮게 발견하지 않던가.

나아가야 할 때와
멈추어야 할 때를
분별한다는 것도,
그것에 책임을 진다는 것도
말처럼 쉽지 않다.

나아가야 할 때 vs. 멈추어야 할 때

가끔 텔레비전이나 신문을 통해 극적인 인생 역전의 주인공들을 만난다. 그들은 어떻게 자신의 인생을 뒤집을 행운을 거머쥐었을까. 오늘도 로또를 사려고 가게 앞에 길게 늘어선 줄을 보자니 문득 그런 호기심이 든다. 인생 역전의 주인공들 사연에는 공통점이 하나 있다. 모두가 반대했지만 자기 자신을 믿은 것, 인생의 방향을 결정짓는 중대한 사안이 앞에 놓였을 때 자신에 대한 믿음으로 선택하고, 선택한 후에는 그것을 지켜내기 위해 최선을 다했다는 것이다. 즉, 자신이 나아가야 할 때와 멈추어야 할 때를 분별하고, 한 번 선택하면 뒤를 돌아보지 않으며, 그 선택에 책임을 졌다. 결국 그들이 인생을 뒤집을 수 있었던 것은 하늘에서 떨어진 행운 덕분이 아니라, 객관적이고 냉정한 현실 인식과 강인한 추진력 덕분이었다. 행운은 주어지는 게 아니라 만들어가는 것이라는 말이 진리이다.

그러나 나아가야 할 때와 멈추어야 할 때를 분별한다는 것도, 그것에 책임을 진다는 것도 말처럼 쉽지 않다. 순간의 선택으로 행복이 시작될 수도, 불행이 시작될 수도 있는데 어떻게 쉬운 일이겠는가.
특히 우리 사회는 나아가는 법은 가르치지만 멈추는 법은 가르치지 않는다. 오로지 '전진'만 중요시한다. 우리 시대는 성공하라고 강요하지만 잘 쉬어야 한다고 강요하진 않는다. 잠시 멈춰 서려고 하면 그래서야 어떻게 살아남겠느냐며 핀잔을 준다. 사람은 바빠야 한다고, 바쁘게 사는 것이 잘 사는 것이라고, 놀아서 뭐 하겠냐고, 미친 듯이 일하라고 조언한다. 때로는 멈춰 설 줄 알아야 하며, 잘 쉴 줄 아는 것도 인생의 필수 부분이라고 가르칠 마음은 없는 듯하다. 우리 시대는 경쟁에서 이기는 법만 가르칠 뿐 경쟁자도 좋은 친구가 될 수 있음은 가르치지 않는다. 오직 1등만 기억되고, 이겨야만 최고라고 가르친다. 참고 견뎌내야 한다는 인내는 강조하지만, 실패를 극복하는 법을 강조하지는 않는다. 하던 일을 중단하는 경우나 최선을 다했지만 실패했을 때 자신을 어떻게 위로해야 하는지는 가르치지 않는다. 쿨하게 실패를 인정하는 방법도 가르치지 않는다.

나아가야 할 때와 멈추어야 할 때를 분별한다는 것은 어쩌면 대박의 행운은 아니더라도 극한의 불행을 막아줄 방파제와 같다. 아무리 거친 파도가 위협해도 믿음직스러운 방파제가 있다면 한시름 놓고 안심할 수 있지 않을까. 마음 푹 놓고 긴 밤 잠들 수 있지 않을까. 내게도 이런 듬직한 방파제가 있었으면 좋겠다. 삶의 무게감이 느껴지는 날엔 가끔 이런 생각이 들곤 한다.

멋지게 나의 인생을
역전하고 싶은 마음이 있다면
단숨에 확 뒤집는 것도 중요하지만
멀리 가는 것도, 안전하게 도착하는 것도,
과정을 즐기는 것도 중요하다.

천천히 가도 괜찮다, 계속 갈 수만 있다면

숨 가쁘게 살다 보면 나의 진짜 모습을 잃어버리는 것 같다. 스스로 무엇을 느끼고 무슨 생각을 하는지 알 수 없을 때가 많다. 태엽을 감으면 무조건 앞으로 직진하는 자동인형처럼 그저 하루하루를 살아내기에 급급하다. 뭔지 모르지만 강박증이 뿌리 깊게 박힌 것 같기도 하다. 동양학 전문가 C씨와 통화를 하면 이런 강박증이 사르르 녹는다. 전화를 받는 첫 목소리에는 수목원 벤치에 앉아 시원한 바람을 맞는 듯한 한가로움이 묻어난다.

"여보세요?"
낮고 느린 목소리, 시골 사투리 억양이 구수한 그의 짧은 한마디는 상대에게 느림과 비움의 철학을 되새기게 만든다. 말 한마디로 타인에게 평안을 준다는 것이 쉽지 않은 일인데 역시 고수는 다른가 보다. 무엇을 하는 중이냐고 물으면 한참 뜸을 들이다 대답한다. 그는 일반 사람들보다 말의 속도가 약간 느리다.

"그냥 앉아 있어요."
그의 말에 덩달아 내 마음도 느긋해진다. 해야 할 일을 후닥닥 해치우느라 화끈거렸던 온몸에서 열이 식는다. 언제 그랬냐는 듯 나 또한 뜸을 들이며 그의 질문에 대답한다. 가르쳐주지 않고 느끼게 해주는 것, 이것이야말로 진정한 교육이다. 아무나 따라 할 수 없는, 고수들이 자주 쓰는 스킬 중 하나이다. 운이 좋아 그와 오랫동안 통화하는 날이면 병원에서 보다 효능 좋은 치료를 받는다.

매사 빠르다고 좋은 건 아니야

바쁜 일상에 적응하다 보면 본래의 나는 어디론가 사라지고, 인위적으로 만들어진 내가 더 커져버린다. '만들어진 나'는 주변 사람들에게서 시간에 쫓기며 사는 것 같다는 말을 종종 듣는다. 나의 강박증은 매사 여유 있게 처리해도 될 일임에도 촌각을 다투는 것처럼 일사천리로 일을 처리하도록 만든다. 일하는 동안에도 수시로 시간을 확인하며 철저한 맞춤 시간을 찾는다. 함께 일하는 사람을 안절부절못하게 만들거나 너무 급히 밀어붙여 혼이 빠지게 만든다. 결국 나도 힘들고 함께 일하는 사람도 힘들다.

왜 이렇게 시간에 쫓기는 걸까?

그렇게까지 쫓기지 않아도 되는 걸 알면서 여전히 쫓기는 걸 보면 문제는 나라는 생각이 든다. 간발의 차이로 목표에 도달할 뿐이라는 걸 알면서도 좀처럼 고쳐지지 않는다.

강박증은 사람을 변화시킨다. 나를 더 허둥지둥하게 만들고, 뾰족하고 예민하고 고약한 성격의 소유자로 낙인을 받게 만든다. 이런 오해에는 조금 억울하다. 본래의 내가 아니라 사느라고, 가지고 있는 능력보다 더 잘해내려고, 타인에게 피해를 주지 않으려고 그랬던 것뿐인데……. 그러다 보니 내 마음을 몰라줘서 서운함이 남기도 한다. 비단 나만 이런 생각을 하고 살겠는가. 일상에 찌든 수많은 사람이 나와 비슷한 강박증을 가지고 출근 하지 않을까 싶다.

인생 역전을 꿈꾸며 뭔가를 이루고 싶어 안달을 해도 번갯불에 콩 구울 수는 없는 노릇이다. 조급증을 다스리지 못하고 그 급한 마음을 분출시키면 당사자보다 오히려 주변이 더 힘들어진다. 똑같은 일인데도 불같은 성격을 가진 상사를 모시는 부하 직원이 더 고단하다. 똑같은 절차대로 제공하는 고객 서비스에서도 '빨리빨리'를 외치는 고객을 만나면 직원의 마음도 같이 다급해지면서 결국 실수를 저지른다. 매사를 단거리 뛰듯이 할 필요가 없음에도 사회적 경쟁 구조와 국민적 특성 때문인지 '빨리빨리'를 외치며 서두르고 다그친다.

도착지에 빨리 간다고 능사는 아니다. 급하게 서두른다고 해서 안 될 일이 되는 것도 아니다. 일에서도 그렇고, 일상생활에서도 그렇다. 오히려 잔잔한 마음의 평화만 깨진다. 멋지게 나의 인생을 역전하고 싶은 마음이 있다면 단숨에 확 뒤집는 것도 중요하지만 멀리 가는 것도, 안전하게 도착하는 것도, 과정을 즐기는 것도 중요하다.

한창때에는 빠른 것만 추구하며 살았다. 하지만 중년이 되고 나서야 빠른 게 좋은 것만은 아님을 알았다. 어린 나이에 성공하면 좋은 것도 많지만, 그만큼 위험에 빠질 요소 또한 많아진다. 성공 이후 알코올중독, 마약중독, 부적절한 비리, 잘못된 행실에서 비롯된 잦은 송사로 안 좋은 일을 겪는 사례를 우리는 심심찮게 보지 않던가. 남들보다 일찍 권력과 성공의 맛을 보았지만 너무 빨라서 뒤탈이나 부작용이 생기는 것이다.

끝은 없다, 다시 시작하면 되니까

내 아이를 천재나 영재로 키우고 싶은 엄마들은 에디슨의 이야기를 무척 좋아한다. 에디슨은 어릴 때 언어 발달이 늦었고, 산만한 행동 때문에 집 중력 또한 낮았다. 결석조차 지나치게 많은, 그야말로 문제아였다. 바보로 낙인 찍혀 학교까지 그만두었다. 뭐 하나 잘하는 것 없는 별 볼 일 없는 아이였다. 그런 그가 평생토록 이루어낸 업적은 대단하다. 특허만 1,093개이고, 전등과 전축 등 획기적인 발명품도 만들었다. 전기를 발명하기까지 2만 번의 실패를 거듭했다. 끈질긴 노력이라는 것을 누가 부인하겠는가.

그는 평생 실패를 거듭하면서 성공에 이르렀다. 많은 이가 에디슨을 칭송하면서도 실패의 쓴맛으로 점철되었던 기나긴 여정은 염두에 두지 않는다. 고난의 결과물인 수많은 특허와 발명품, 업적에만 초점을 둔다. 물론 내 아이가 우리나라를 넘어 세계적으로 명성을 날린다면 부모로서 더할 나위 없는 영광이겠지만, 그러자면 숱한 실패로 좌절하는 아이의 모습도 지켜볼 줄 알아야 한다. 천재는 태어나기도 하지만 만들어지기도 하는 것이며, 천재를 만드는 것은 바로 고난이다. 고난의 과정을 겪어야 열매를 맺을 수 있기에 무조건 빠른 속도만을 강조해서는 안 된다.

어린아이가 아장아장 걸음마를 연습하다 넘어졌을 때 무엇보다 배워야 할 것은 다시 일어서는 법이다. 그래야 다시 걸을 수 있다. 절절한 사랑에 실패하더라도 뒤돌아서며 인연의 끈이 여기까지라는 것을 받아들여야만 새롭게 다가오는 인연도 맞이할 수 있다. 누에고치가 고치를 찢고 나오는 고통의 과정을 겪지 않으면 나비가 될 수 없다. 고치를 찢는 것이 힘들어 보이고 시간이 오래 걸린다고 해서 고치를 찢어주면 나비의 모습을 해도 날지 못한다.

무조건 속도를 강요하는 것은 과정의 소중함을, 역경의 기능을 무시하는 것이다. 노력하면 빨리 할 수 있다고 말하는 것보다, 노력하는 그 자체가 노력하지 않는 것보다 더 낫다는 말이 필요하다. 누구라도 실패 없이 성공만 하고 살아갈 수는 없으니, 고난과 실패 역시 성공 과정으로 자연스럽게 받아들여져야 다시 노력할 수 있다.

가끔 어르신들로부터 이런 말씀을 듣는다. 이렇게 오래 살 줄 알았다면 천천히 걸어올 것을……. 아직은 젊은 나는 지금 당장 공감하기는 힘들다. 하지만 선배들께서 해주는 이런 귀한 말씀 덕분에 후배들의 지혜가 한층 더 높아진다. 아직 살아보지 않은 세월에 대한 배워두기는 요긴하게 쓸 수 있을 것이다.

도착지가 똑같다면 천천히 가도 문제될 것 없다. 빠르지 않다고 큰일이 생기지 않는다. 조금 더 빨리 가겠노라 샛길로 가로지르다가 발을 헛디뎌

다리라도 부러진다면 올라가지도 내려가지도 못할 난처한 상황에 처할 수 있다.

천천히 가다 보면 좋을 때가 많다. 천천히 주변을 살피다 보면 오르던 길에서도 내리막길을 미리 알아놓을 수 있고, 사건 사고를 적절히 예방할 수도 있고, 평소에 보지 못했던 것이나 느끼지 못했던 것을 많이 발견할 수도 있다. 의도한 것도, 계산된 것도 아니었지만 여유로운 마음은 어느덧 풍족한 행복도 느끼게 해준다.

쉽게 단정할 순 없지만, 이 세상에 끝은 없는지도 모르겠다. 다시 시작하면 끝은 언제든지 끝이 아니라 과정이 되는 것이다. 다시 시작하는 것은 스스로의 마음에 달렸으니, 언제라도 다시 시작한다면 끝은 홀연히 사라지고 다시 시작점이 생긴다. 시작도 끝도 자신의 마음에서 비롯되는 것 아니냐는 나만의 결론을 내려본다.

멋진 성공도 좋지만
사람으로서 당연히 느낄 만한 감정을
제대로 느껴가며 살아가는 게 더 중요한 것 아닐까.
펑펑 울고, 호탕하게 웃고, 화끈하게 화내고,
눈물 흘리며 감동할 줄 아는 사람이
진정한 인생의 참맛을 느낄 수 있다.

하루만이라도 내 마음대로

이른 아침, 부산행 기차 안에서 문득 이런 생각을 했다. 명리학을 공부하면서 운명을 바꿔보고 싶었는데, 어떻게 해야 운명을 뒤집을 수 있을까. 인생 역전은 지금까지의 인생 패턴을 뒤집어 다른 방식으로 사는 것을 뜻한다. 한꺼번에 무엇인가를 확 바꾸는 혁명이다.

현실적으로 혁명을 위해서 필요한 것은 돈이다. 돈이 많으면 많을수록 유리하다. 그런 면에서 로또 당첨은 혁명을 성공시키기엔 안성맞춤이다. 하지만 내가 사는 로또가 언제쯤 당첨될지는 아무도 모른다. 당첨된다고 확신할 수도 없다. 불확실한 가능성만 믿고 평생을 기다릴 수는 없는 노릇! 매주 로또만 사들이며 인생 역전을 고대하는 것도 답답한 일이다.

그렇다면 혁명에 필요한 또 다른 것은 없을까? 낯설기만 한 '혁명'이라는 두 글자와 씨름하며 그렇게 한 주가 지났다.

인생보다 마음부터 바꾸기

혁명에 필요한 것은 돈 말고도 마인드가 있다. 돈을 통해 바꾸고자 하는 것이 생활 패턴이라면, 마인드의 혁신은 삶을 바라보는 자세를 바꾸는 것이다. 심리학자들은 긍정적인 가운데 행복감을 느낄수록 자기 삶에 대한 만족감이 증진되고, 다시 태어나고 싶은 욕구도 커지고, 하루 동안 활짝 웃는 웃음의 횟수도 늘어난다고 말했다. 맞는 말이다.

마인드의 혁명은 돈의 위력처럼 겉으로 드러나는 변화는 아니지만, 사실 더 큰 파워를 만들어낼 수 있다. 큰 부자가 되더라도 돈은 사라지기가 쉽다는 점에서 불안정하지만, 마인드는 영원히 내 것이고 도둑맞을 우려도 없다. 빌릴 필요도 없다. 많이 사용한다고 닳아 없어지는 것도 아니요, 사용할수록 오히려 에너지가 더 충전된다. 그러니 돈을 벌려는 노력과 마찬가지로, 아니 더 많이 노력해야 한다. 마인드를 혁명하기 위해서 말이다. 마인드를 혁명한다고 하니, 거창한 느낌일 수도 있겠다. 하지만 돈 버는 일은 거창한 행위를 동반할지 몰라도 마인드는 그렇지 않다. 아주 사소한 변화 하나만으로도 혁신이 가능한 게 마인드다. 그래서 나는 마인드를 혁신하기 위해 사소한 행동 하나를 시작해보기로 했다. 방법은 이것이다.

오늘 하루
나에게 주어진
뻔한 삶에서 벗어나기!

이것은 일종의 탈선이라고도 할 수 있겠다. 흔히 탈선을 죄악시하지만 다른 이에게 피해를 주지 않는 선에서의 탈선은 충분히 허용되어도 좋다. 늘 같은 방식으로 살아가는 것은 삶의 균형과 평안을 위해서 좋지만, 습관처럼 가졌던 마음의 쳇바퀴를 깰 수는 없다. 뇌에 신선한 자극을 주기 위해서라도 뜻밖의 행동을 통해 활력을 불어넣을 필요가 있다.
주변에 나의 계획을 공개하니 누군가는 '고작 하루?'라고 하고, 또 다른 이는 '하루씩이나?'라고 했다. 각자 성격과 라이프 스타일에 따라 반응하는 정도가 달랐다. 성실하고 소심한 사람일수록 자신의 일상을 깨뜨리기 두려워한다. 그러나 생활이 늘 일정하면 마인드를 혁신하기 어렵다.

나는 소심하고 겁이 많은 나 자신을 위해 하루의 탈선을 감행하고 있다. 스케줄이 없는 하루를 정해서 내 멋대로 하루를 보내는 것이다. 하루의 탈선을 하루로 끝낼지, 내일도 모레도 계속할지는 오로지 나에게 달려 있다. 탈선의 행위로 남에게 피해를 주어서는 안 된다는 것 외에는 어떠한

계산이 있어도 안 되었다. 그건 탈선이 아니니까.

거창하게 운명을 거스르며, 인생을 역전시키겠다고 말하는 것보다 하루 역전부터 시도해보는 것은 나쁘지 않은 방법이다. 곰곰이 생각해보면 하루의 역전도 하지 못하면서 인생 전체의 역전을 할 수 있을까 싶다. 역전의 기회가 주어진다고 해도 스스로 받아들이지 못해 기회를 반납할지 모른다. 오늘 하루만이라도 내 멋대로 살아볼 능력이 있다면 한 달, 일 년을 내 멋대로 살 잠재력 또한 있는 것 아닐까.

먼 산을 보고 있었지만 시작은 발밑 한 걸음부터라는 말에 새삼스럽게 무릎을 친다. 천 리 길도 한 걸음부터라 했으니, 하루를 보내는 내가 어떤지 스스로 구경해볼 만하다.

제대로 울고, 웃고, 화내고, 감동할 줄 아는 것

경영 컨설턴트이자 작가인 혼다 신이치의 저서《네 멋대로 살아라》의 핵심 메시지는 남의 눈을 의식하지 말고 뻔뻔하게, 당당하게, 속 편히 살자는 것이다. 특히 소심한 사람들에게는 혼자서 상처받아 끙끙거리지 말고 자신의 스타일대로, 타고난 성격대로 쿨하게 살라 조언한다. 게으름을 피우며 사는 길을 선택하거나 즐거운 일에 집착하지 말라는 파격적인 제안도 한다.

절망의 천재이며 자학의 달인으로 알려진 이 시대의 괴짜 소설가 이외수는 세수도 안 하고 머리도 안 감는다고 해서 화제가 되었다. 하지만 타인에게 어떤 피해도 주지 않았다. 오히려 그의 글은 많은 사람의 영혼을 깨끗하게 씻어주는 마음의 치료제 역할을 톡톡히 하고 있다.
운명을 기막히게 바꾸고 싶다면 내 삶을 부정적이고 희망 없게 바라보는 마음부터 바꿔야 하는 게 아닐까. 어쩌면 우리는 큰 산만 보다가 산속의 작은 나무를 보지 못할 수도 있다. 작은 나무들이 모여야 큰 산이 이루어지는 것인데 말이다.

하루짜리 일탈을 하면서 겪은 가장 큰 변화는 생각의 틀이 커지고 감정의 고삐가 풀렸다는 것이다. 특히 감정의 변화가 컸다. 그동안 나는 일을 잘 감당하기 위해서 감정에 무뎌지도록 노력해왔다. 두려움, 불안감에서 벗어나기 위해서였지만 감정이라는 게 따로 움직이지 않아서 일하는 데 '불필요한' 감정만 묶으려 했다. 하지만 기쁨이나 즐거움 같은 다른 감정들도 함께 묶이고 말았다. 그렇게 꽁꽁 묶어두었던 감정이 조금씩 생생히 움직이게 된 것이다.

이성과 감성이 모두 활발하게 움직이니, 이제야 비로소 마음의 균형을 찾은 것 같다. 멋진 성공도 좋지만 사람으로서 당연히 느낄 만한 감정을 제대로 느껴가며 살아가는 게 더 중요하다 싶다. 펑펑 울고, 호탕하게 웃고, 화끈하게 화내고, 눈물 흘리며 감동할 줄 아는 사람이 진정한 인생의 참맛을 느낄 수 있다.

오래전부터 우리는 자신의 감정을 드러내는 것에 부정적이었다. 모두 함께 어울려 사는 사회라는 특성을 반영하고, 복잡한 인간관계나 자본주의적 경제성의 원리를 들이대며 일정 부분 감정 가면을 쓸 것을 요구했다. 물론 분별없이 화를 내거나 합당하지 않은 짜증은 누구한테나 불쾌한 게 사실이다.

사람은 선천적으로 다양한 감정을 느낄 수 있는 능력을 가지고 태어난다.

성장과 발전을 거듭하면서 어느 정도 자신의 감정을 제어할 수 있게 된다. 그 때문에 감정을 자유롭게 표현하되 타인한테 피해를 주지 않는 선에서 발산한다면 문제가 되지 않는다. 자신의 감정을 억누르면 해소되지 못하므로 오히려 부작용을 낳는 원인이 될 수 있다.

사람은 누구나 자신의 하루 안에서 다양한 감정을 맞이한다. 좋은 감정도 느끼고, 나쁜 감정도 느끼고, 슬픈 감정도 느낀다. 그 과정에서 눈물을 흘리며 감동도 한다. 이런 감정들을 느끼는 것은 당연하고 정상적인 일이다. 문제는 성공을 추구하며 진짜 내가 원하는 것을 무시한다는 점이다. 뭔가에 대해 곰곰이 생각할 겨를도 없이, 감정 따위는 살아가는 데 아무짝에도 쓸모없다고 믿으며 산다면 어떻게 될까. 일상 속에서 자연스럽게 샘솟는 희로애락의 감정을 무시하고 자신이 원하는 편향적 감정만 추구하려는 사람들은 사고 칠 확률이 높다.

기가 막히도록 드라마틱하게 운명을 역전시킬 수도 있지만, 날마다 점진적으로 변화해가는 일도 무시할 수 없다. 특히 하루 안에 펼쳐지는 희로애락의 감정을 제대로 즐길 줄 알아야 유연하게 하루를 대처할 수 있고, 인생의 참맛을 느낄 수 있다.

열심히 살아가는 나를 위해서
쏟아내는 연습이 필요하다.
나만을 위한 비상구, 골방이 필요하다.
그래야 내가 아프지 않다.
그래야 소중한 것들을 지켜낼 힘이 생긴다.

당신은 비상구가 있나요?

업무 미팅차 만난 클라이언트 J 대표의 얼굴을 보고 나는 깜짝 놀랐다. 칙칙한 얼굴색, 눈 밑으로 진하게 퍼진 다크서클, 피곤에 찌들어 터져버린 입술, 벌겋게 충혈된 흰자위……. 묻지 않아도 "나 피곤해요, 너무 피곤해"라고 말하는 것 같았다.

사정을 물어보니 회사 업무가 너무 많아서 퇴근은 꿈도 못 꾼 채 사무실에서 숙식을 해결하고 있단다. 회사의 성패가 달린 프로젝트인지라 여유 부릴 처지도 아니란다. 아픈 데는 없느냐고 물으니 푸석한 얼굴을 양손으로 부비며 팔다리는 멀쩡하지만 몸속은 망가진 것 같다고 했다. 그를 그냥 보내기가 불안했고 밥이라도 먹여야 할 것만 같았다. 속히 업무 미팅을 마치고 맛있는 밥을 먹자며 식당으로 향했다.

J 대표는 이제 몇 년만 더 고생하면 될 것 같다고 했다. 하지만 내가 아는 한 그가 이런 생활을 한 지도 벌써 5년이 넘었다. 그 사실을 일깨워주자 그는 "솔직히 이런 생활이 언제 끝날지 저도 모르겠어요. 때로는 너무 지치고 무서워서 버텨낼 자신이 없어요"라고 말했다. 나는 그의 마음을 어느 정도 이해할 수 있었다.

피곤할 땐 쉬는 게 답이다

나도 10여 년이 넘는 세월을 일중독에서 벗어나지 못한 적이 있었다. 내 이름으로 사장 명함을 쓰기 시작하면서부터였다. 환경도 열악했고 일하는 방법도 잘 몰랐지만, 무작정 작은 회사 하나 달랑 차리고 시작했다. 뭐라도 될 것 같은 막연한 기대감은 자신감을 넘어 끝 간 데 없는 자만심으로 변하곤 했다. 무식하면 용감하다는 말에 나는 완전 공감한다. 그때 나는 정말 무섭도록 용감했다.

사업은 생각보다 쉽지 않았다. 어린 나이라 경험도 전략도 없었고, 일손 부족으로 1인 5역을 거뜬히 해내야 했고, 그러니 밤샘 작업을 밥 먹듯 해야 했다. 주말과 휴일, 명절에도 쉬지 못하고 부지런한 소처럼 계속 일만 했다. 누가 시켜서가 아니었다. 쌓이는 일을 처리하느라 쉬지 못했고, 일하지 않으면 불안해서 더욱 일에 몰두했을 뿐이다. 십수 년간 남들 다 가는 여름휴가 한번 가본 적 없었다. 마치 경주마처럼 앞만 보고 달렸다. 내가 원해서였기도 하지만 달리 방법도 몰랐고, 달리다 보니 습관이 되어 계속 달렸다. 눈뜨면 일하고 어느 순간 졸다가 다시 눈뜨면 일하는 식이었다. 그때 알았어야 했다. 그토록 쉼 없는 전력 질주는 머지않아 슬럼프보다 더 무서운 회의감을 유발시킨다는 것을!

많은 것을 이루었지만 나의 가슴은 속 빈 대나무보다 더 텅 비어버렸다. 스스로 충분한 휴식과 여유를 가져야 빨리 지치지 않고, 더 재미있게 일을 계속할 수 있다는 것을 너무 늦게 깨달았다. 바쁜 가운데 짬을 내어 영화도 보고, 친구들과 어울리며 수다도 떨고, 가까운 사람들과 술 한잔하며 사는 얘기를 나누었다면 어땠을까. 그랬다면 예민하고 신경질적인 성격은 많이 무디어졌을 것이고, 무엇보다 업무를 진행해 나아가는 데에서 덜 고단했을 것이다. 한참을 겪어보고 나서야, 긴 세월을 흘려보내고 나서야 깨닫게 되었다.

그때는 "조금만 쉬면서 일하세요"라는 말이 귀에 들리지 않았다. 하지만 일은 해도 해도 끝나지 않았다. 밤을 새울수록 더 많은 밤을 새워야 하는 상황이 꼬리를 물었다.

지금 생각하면 피곤할 땐 쉬는 게 답이었다. 끝나지 않을 일을 앞에 두고 끝 타령을 한다 하여 끝나는 것도 아니었다. 밤을 새울수록 계속 새워야 하는 일들 앞에 맥없이 휘둘리게 된다는 것, 밤 새운다고 탁월한 성과가 나오지는 않는다는 것을 그때는 몰랐다. 피곤하다는 말을 입에 달고 살고, 얼굴은 잿빛이 되어서 다니면 누가 좋아하겠는가.

잠시 쉬었다 간다고 공든 탑이 허물어지지 않는다. 한 시간 더 오래한다고 업무 성과가 탁월해지는 것도 아니다. 피곤할 때 조금 쉰다고 세상이 무너지는 것도 아니다. 오히려 피곤한 몸과 마음, 정신으로 하루하루를 꾸역꾸역 버티면 업무 능력이 저하될뿐더러 일하는 재미도 느끼지 못한다. 가장 최악인 것은 나이보다 너무 빠르게 삶의 고단함을 느낀다는 사실이다. 또래보다 폭삭 늙어 보이는 것은 물론, 한 방 제대로 터뜨리기 전에 내가 먼저 훅 갈 수도 있다.

잠시 쉬었다 간다고 공든 탑이 허물어지지 않는다.
피곤할 때 조금 쉰다고 세상이 무너지는 것도 아니다.

나를 위해 꼭 필요해, 하나쯤은

비상구는 화재나 지진 따위의 갑작스러운 사고 때 급히 대피하도록 마련된 특별한 출입구다. 일상적인 날에는 별 쓸모가 없지만, 사고 시에는 유일한 탈출구다. 위험한 상황일수록 비상구는 그 어떤 문과 비교할 수 없는 가치를 발휘한다. 비상구는 긴급 상황을 벗어나는 안전의 문이요, 위험으로부터 벗어나는 평화의 문이다. 아무리 멋진 건물이라도 비상구가 없다면 화재와 재난의 피해를 막을 방법이 없기 때문에 건축 허가도 나지 않을 것이다.

사람에게도 비상구가 필요하다. 멀리 보고 줄기차게 가야 하는 인생길에서 비상구는 더할 나위 없이 소중한 존재다. 지금보다 젊은 나이에는 비상구라는 말을 실감하지 못했다. 혈기왕성하게 일과 생활을 영위하며 열정적인 에너지를 폭발시키던 때는 더욱 그랬다. 비상구의 필요성을 느낀 것은 얼마 되지 않았다.

사람에게 비상구란
휴식이 될 수 있고,
동기부여가 될 수 있고,
재충전이 될 수 있다.

회사에서 중요한 업무를 맡아 계획을 짜고 실행하며, 그 과정에서 상급자로부터 인정받고, 자신의 계획이 실제로 성과를 거두는 등 탄탄대로의 길을 갈 때에는 미처 비상구의 필요성을 인식하지 못한다. 사람들과 어울리며 교류하고 칭찬과 부러움, 호감이 쏟아질 때에는 탈출하고 싶다는 생각을 하지 않는다.

하지만 어느 순간 굴러가는 일들이 버겁게 느껴지거나 일이 잘 풀리지 않을 때, 뜻밖의 암초를 만났을 때, 큰 실패를 했을 때, 사람들이 나를 대하는 태도가 예전 같지 않을 때 우리는 자연스럽게 '탈출 욕구'를 느끼고 비상구를 찾는다. 두려움과 부담감에 어깨가 짓눌리는 듯하고 숨이 가쁠 때 생각한다. 도망가고 싶다고, 떠나고 싶다고!

이런 감정을 느낄 때에는 과감히 비상구를 찾아야 한다. 비상구를 통해 자신을 괴롭히는 상황으로부터 빠져나와야 한다. 너무나 괴롭고 버거운데도 책임감 때문에 그냥 있으면 어떤 괴물을 맞닥뜨릴지 모른다.

언제까지나 참기만 하는 시대는 끝나도 벌써 끝났다. 지금은 쏟아내는 시대이다. 어금니 꽉 깨물고 참을 '인忍' 자 새긴다고 문제가 해결되는 것도 아니고, 서로의 마음이 이해되는 것도 아니다. 열심히 살아가는 나를 위해서 쏟아내는 연습이 필요하다. 나만을 위한 비상구, 골방이 필요하다. 그래야 내가 아프지 않다. 그래야 소중한 것들을 지켜낼 힘이 생긴다.

비상구는 나에게 건강한 활력을 제공한다. 그러기 위해서 철저하게 자신만의 맞춤 비상구를 가질 필요가 있다. 다른 사람의 눈을 의식할 필요도 없다. 그런 건 애초부터 의미가 없다. 내가 마음의 모든 짐을 내려놓고 재충전할 비상구를 만드는 것에 대한 고민이 필요할 뿐이다.

가끔씩 상식을 깨는 비상구를 가진 사람들을 만난다. 콜센터 여직원의 비상구는 복싱, 격렬한 스포츠 선수의 비상구는 종이 접기, 간호사의 비상구는 번지점프, 유치원 선생님의 비상구는 라틴댄스, 작가의 비상구는 드럼 연주 겸 싱어 송 라이터, 프로게이머의 비상구는 산악자전거 등등. 무엇이든 문제없다. 문제라면 지쳐가는 자신을 방치해두는 것, 힘들다고 아우성치는 자신의 소리를 외면한 채 계속 달리기만 하는 것이겠다. 외면당한 자기 자신이 결국 오래지 않아 쓰러지리라는 것을 모른다는 게 문제. 사람은 기계가 아니다. 사람은 감정을 가지고 있고, 아주 미묘한 감정에도 휘둘릴 수 있는 존재이다. 자신의 감정을 무시해버리는 것은 자신에게 닥쳐올 불행을 키우는 자폭 행위와 똑같다.

나를 위해 사치를 부려도 된다. 비상구는 한 가지일 필요는 없다. 나한테 도움이 된다는 게 확실하다면 다양한 형태로 여러 가지를 두어도 좋다. 자신의 힘든 점과 고단함을 꼭 특정인에게 위로받아야 하는 법이 없는 것처럼 비상구도 마찬가지다. 더 풍요로운 삶과 활력을 가져다주는 삶을 살기 위해서는 다양한 것으로부터 용기를 얻어도 좋다. 인생 역전을 꿈꾸는 것도 좋지만, 마라톤처럼 긴 인생의 여정에서 오래 달리기 위해 비상구를 만들자. 이것이야말로 값비싼 명품 가방보다, 고가의 손목시계보다 더 나의 숨통을 틔워준다. 그야말로 생활필수품이다.

진짜 나를 발견하기 위한 첫걸음은,
타인의 시선으로부터 벗어나
나의 내면을 들여다볼 수 있는
간이역으로 가는 것이다.
지금 떠나자, 마음 가는 대로.

떠나요, 마음 가는 대로

수년 전, 우연히 방문한 미사리의 한 카페에서 국민가수 인순이 씨의 노래를 듣게 되었다. 평소에 너무나 좋아하는 가수를 지척에서 만나다니 정말 행운의 날이었다. 방송에서 보았던 그녀의 폭발적 가창력과 멋진 춤은 현장에서 더욱 빛났다. 활력 넘치는 에너지로 객석의 많은 사람을 사로잡기에 충분했다. 여기저기서 감탄과 박수가 쏟아졌다.

세월이 흘러도 변하지 않는 열정을 분출하며 노래할 수 있는 비결이 무엇일까? 충분히 쉬고 싶은 나이가 되었음에도 젊은이들 못지않게 변화를 추구하며, 건강한 발전을 이끄는 원동력은 대체 어디에서 나오는 것일까? 사람들의 마음을 단숨에 사로잡은 무대 위의 화려함이나 유창한 노래 실력도 그녀의 매력이겠지만, 무엇보다 따라 하기 힘든 파워풀한 그녀만의 생동감이 가장 치명적인 매력이다. 도대체 60세가 다 된 그녀에게서 분출되는 뜨거운 에너지의 끝은 어디까지일까. 나는 공연이 끝날 때까지 마음껏 즐기며 그녀가 분출하는 에너지를 기분 좋게 흡수했다. 며칠 후 언론에 그녀의 인터뷰가 실렸다.

'1년에 2~3일은 특별한 휴가를 가요. 가톨릭 신자이지만 산사에 들어가서 스님과 차를 마시며 이런저런 이야기를 나눠요. 그러면 마음에 쌓인 서러움이 풀리더라고요. 산속 휴양지에서 묵언 수행을 하며 책만 읽을

때도 있답니다. 이 두 가지 방법 모두 다시 일상으로 돌아왔을 때 새로운 에너지가 샘솟게 도와줘요.'

365일 중에서 딱 2, 3일은 자신을 위한 특별한 휴가를 즐기는 것. 나만을 위한 맞춤 휴休테크. 이것이 그녀에게 새로운 에너지를 샘솟게 도와주었음을 알고 난 후 나는 "역시 다르구나!"를 연발하였다.

내 인생의 간이역

기나긴 인생길을 가려면 가끔 쉼이 필요하다. 간이역처럼 잠시 쉬어가면서 나 자신과 주변을 돌아보고 복잡한 머리를 비우고 감정을 생생히 살아나게 할 필요가 있다. 그러한 쉼은 새로운 출발을 기약할 수 있다. 제대로 쉬어야 잘 뛰고, 제대로 쉬어야 오래 달릴 수 있다. 쉴 때 쉬어야 내가 원할 때 힘을 내어 달릴 수 있다. 휴식을 무시하고 계속 달리기만 하면 정말 필요한 순간에 힘이 나지 않는다. 더 오래 달리고 싶지만 너무 빨리 지쳐서 달리기를 포기해야 할지도 모른다.

큰 인기를 끌었던 광고 카피 '열심히 일한 당신 떠나라!'는 휴식 속에서 힐링을 찾고, 힐링 속에서 원동력을 찾아야 한다는 생각을 담고 있다. 기초공사를 무시하고 건물을 지으면 어느 순간 와르르 무너져 내리는 것처럼, 나의 몸 상태를 무시하고 계속 달리기만 한다면 나 역시 무너져 내릴 수 있다. 이는 모두가 아는 상식이지만, 지키기란 쉽지 않다.

성공을 좇고 야망을 향해 달리는 사람일수록 휴테크는 더욱 필요하다. 지쳐버린 자신의 몸 상태를 무시한 채, 수명이 다한 배터리를 충전하거나 교체하지도 않은 채 빨리 달리라고 채찍질만 하는 것은 자만을 넘어 자학일 뿐이다.

"일 년에 꼭 한 번 해외로 트레킹을 나가요. 그렇게 트레킹을 갔다 오면 일 년을 거뜬히 버틸 수 있어요."

"혼자 여행을 자주 가요. 안 해본 사람은 모를 거예요. 벌써 십 년이 넘었어요."

"주부라서 여행가는 것도 편치 않지만, 힘들 때 속초에 가요. 아침에 갔다 저녁에 돌아오지만 바닷바람 쏘이고 오면 헝클어진 마음이 파도에 씻겨서 사르르 사라져요."

"삼 일 정도 휴가 내서 집에서 영화 보고 드라마 보고 푹 자고 나면 방전된 내 몸이 충전된 것 같아요."

"맛 기행이 취미라서 먹는 것으로 힐링해요. 이거라도 있어서 참 다행이죠. 안 그러면 폭발해버릴 것 같거든요."

"낚시를 해요. 저수지의 고요한 밤공기를 마시며 찌만 보고 있어도 사는 맛이 나요."

휴식은 새로운 출발을 앞둔 사람들에게 반드시 필요한 영양제이다. 혁신적인 새로운 출발의 다짐이 필요 없는 사람일지라도 하루를 새롭게 시작할 수 있게 만드는 비타민 같다. 제대로 된 휴식을 취하지 않고는 제대로 뛸 수도, 뜨거운 열정을 지속적으로 불태울 수도 없다.

멋지게 인생을 역전하고 운명의 톱니바퀴에서 벗어나고 싶은 사람이라면 더욱더 자신을 건강하게 지켜나가는 쉼에 대해서 자기만의 노하우를 만들 필요가 있다. 남들보다 덜 지치는 체력이 있어야 힘껏 일할 수 있고, 폭발적인 에너지를 발산할 수 있으니까.

타인의 시선에서 벗어나는 연습

서양 미술사상 가장 위대한 화가 중 한 사람으로 꼽히는 빈센트 반 고흐. 위대한 업적에도 불구하고 그는 평생 정신병과 가난에 시달리다 권총 자살로 인생을 마감한다. 자신의 왼쪽 귀를 자른, 자학과 기행으로 얼룩진 음울한 화가의 전형으로 기억되기도 한다. 두 차례의 실연, 화랑 근무 부적응으로 인해 성격마저도 음울하고 편협적이었던 그가 선택할 수 있었던 것은, 모든 사람과 접촉을 끊고 절망 속에서 덩그러니 그림을 그리는 것뿐이었다.

그림을 그리는 것이 자신의 천직이며 소명임을 깨달았지만, 그림으로 생계를 유지하기란 쉽지 않았다. 살아생전에 그의 그림 중에서 팔린 것이라고는 〈붉은 포도밭〉 단 한 점뿐이었으니까. 지금의 인지도와는 사뭇 다르게 당대에는 인정받지 못한 평범하기만 한 화가였다. 오죽하면 '사는 게 너무 힘들다고 느껴질 때면 고흐의 자화상을 보라'는 말이 있을 정도로, 그는 겹겹의 불행으로 점철된 삶을 살았다.

그런데 그의 삶이 오로지 불행만 보여주는 건 아니다. 그는 숱한 자화상을 남겼는데, 그림 속에는 그 자신의 기이한 행동과 자학적인 모습을 두려워하지 않고 과감하게 드러내는 태도가 숨어 있다. 〈파이프를 물고 있는 자화상〉, 〈밀집 모자를 쓴 자화상〉, 〈귀를 자른 후의 자화상〉, 〈자화상〉 등

수많은 자화상을 남긴 그의 그림 속에서 아우성치는 그 무엇인가를 느낄 수 있다. 제삼자를 위한 그림이 아닌, 그 누구보다 자신을 위한 그림일 것이라는 생각이 든다.

그는 철저하게 타인의 시선으로부터 벗어난 사람이었을까? 그에게 직접 물어볼 수 없기에 정확한 답을 얻을 수 없겠지만, 만약 그가 다른 사람의 시선 때문에 많은 것을 포기하며 유리관에 갇혀 살았다면 그의 그림에 반항과 자유분방함이 나타나진 못했을 것이다. 그런 면에서 어쩌면 고흐는 불행하지 않았을지도 모른다. 우리는 그의 삶이 지독한 가난과 외로움으로 점철되어 있어 불행했을 것이라 생각하지만, 누구를 위해 사는지 분간조차 되지 않을 만큼 타인의 시선 때문에 모든 것을 결정하는 사람들이야말로 행복하기가 쉽지 않은 법이다. 내 인생의 간이역을 만드는 것도 타인의 시선을 의식한다면 가능하지 않은 일이다.

프랑수아 를로르는《꾸뻬 씨의 행복 여행》에서 행복은 결국 자기 자신 안에 있다고 했다. 엘리자베스 퀴블러 로스는《인생 수업》에서 행복을 결정하는 것은 바로 나이기에 내가 더 행복해지려면 타인의 시선에서 때로는 벗어나야 한다고 조언했다. 과감하게, 통쾌하게, 아무렇지도 않은 것처럼!

소심한 성격 때문에, 사회적 지위와 평판 혹은 이미지 때문에 사람들의 시선을 의식하지 않을 수 없었다고 말하는 사람들이 있다. 그럴 수 있다. 누구나 이 부분에서 자유로울 수 없는 것도 현실이다. 당장 직장이나 이웃의 눈을 의식하지 않는 것이, 하고 싶은 말 다 하면서 숨기는 것 하나 없이 탈탈 털어 보여준다는 것이 어디 쉬운 일인가? 그러나 타인의 시선 때문에 쇼윈도 부부, 쇼윈도 우정, 쇼윈도 인생을 살아간다는 것은 위험한 일이다. 오래가지 못할 거짓과 위선이며, 스스로 불행을 자초하는 길이기도 하다. 한 번 사는 인생 내 마음대로 살기도 어려운데, 타인의 눈 때문에 인생을 낭비하는 것은 너무나 안타까운 일이다. 속으로 곪아가는 마음을 그대로 두어서는 안 된다.

다른 사람의 시선에서 벗어나는 연습이 필요하다. 스스로에게 충실하면 된다. 더 늦기 전에, 너무 늦기 전에 타인의 시선 때문에 삶과 생활을 지탱하는 일을 중단해야 한다. 나는 나일 뿐인데 더 괜찮은 사람처럼 꾸미는 것은 한계가 있다. 사회적 틀에 짜맞추듯 꾸민 내가 본래의 나를 삼켜버린다. 이젠 더 이상 물러서면 안 된다. 오롯이 나의 삶과 기막히게 아름다운 인생을 살아보고 싶은 욕망이 있다면, '가짜 나'를 용납해서는 안 된다. 기막히게 운명을 역전하여 멋진 인생을 살아가는 주인공이 된다는 것이

쉽진 않겠지만, 타인의 시선 하나 벗어나지 못한다면 주인공이 되겠다는 기대는 버려야 한다. 반복된 연습과 훈련이 지속된다면 '진짜 나'로 살아가는 일이 지금보다 한결 수월해질 것이다.

진짜 나를 발견하기 위한 첫걸음은,
타인의 시선으로부터 벗어나
나의 내면을 들여다볼 수 있는
간이역으로 가는 것이다.
지금 떠나자, 마음 가는 대로.

내 인생의 목표도 소중하지만
바로 이 순간의 나도 소중하다.
미래를 위해 현재의 내가
너무 큰 희생을 치르지 않도록
그때그때 마음과 몸을 살펴주는
노력이 필요하다.

몸과 마음 토닥이기

늘 열정 넘치는 A컴퍼니의 대표 B씨가 별안간 이민을 선언했다. A컴퍼니가 한창 잘나가는 상황이었기에 B씨의 결정이 선뜻 이해되지 않았다. 주변의 반대에도 불구하고 그는 단호했다.

"더 이상은 못하겠어. 이건 사는 게 아니야."

살아남기 위해서, 회사를 성공시키기 위해서 그는 밤낮을 가리지 않고 일했다. 야근을 밥 먹듯 하고 주말도 출근했다. 365일 근무하고 잠깐 시간을 내어 밥을 먹고 쪽잠을 자는 생활의 연속이었다. 그의 열정 덕에 회사는 나날이 커져갔고 그는 계속 바빴다. 그를 만나려면 석 달 전에 미팅을 잡아야 할 정도였다.

그렇게 승승장구하던 B씨가 별안간 집에서 쓰러졌다. 외출했다가 돌아온 아내는 다급하게 119에 신고했다. 발견 당시 숨을 제대로 쉬지 못하는 상태였다. 빠른 응급처치 덕에 무사했고 정밀검사 결과 다행히 특별한 병이 발견되진 않았지만, 전반적으로 몸이 쇠약해졌으니 푹 쉬어야 한다는 말을 들었다. 그때부터였다. 그토록 활력 넘치던 B씨는 넋을 놓고 멍하니 앉아 있는 시간이 많아졌다. 일을 할 의욕도, 힘도 나지 않는다고 했다.

"그때 병원에 가는 시간이 조금이라도 더 지체되었다면 나는 이 세상 사람이 아니었을 거야. 사는 게 너무 허무해. 그동안 내 인생의 전부라 여겼던 것들이 아무것도 아닌 거 같아."

모든 것을 다 버리고 이민을 택한 그 마음이 충분히 이해되면서도, 한편으로는 조금 더 빨리 자신의 몸과 마음 상태를 알았더라면 하는 아쉬운 마음이 들었다.

번아웃 증후군 대처하기

일상생활에서 증가하는 현상들 중 하나가 바로 번아웃 증후군이다. '번아웃Burn-out'은 '타버리다, 소진하다'라는 뜻이고, '번아웃 증후군Burnout syndrome'은 정신적·신체적 피로로 인해 무기력해지는 증상을 뜻한다. 탈진 증후군, 연소 증후군, 소진 증후군 등으로도 불린다. 이 증후군의 증상은 직장생활이나 일상생활을 열정적으로 하던 사람이 돌연 무기력해지거나, 슬럼프를 겪거나, 자포자기해버리는 것이다. 증상이 조금 더 심해지면 수면장애, 우울증, 심리적 회피 같은 증상과 과도한 소비, 알코올 의존, 감정적 무기력과 허무감에 사로잡힌다. 어느 조사기관에 따르면 직장인 1천 명 중 826명은 이 증상을 느낀다고 한다. 특히 노동시간이 길고 휴가가 적은 구조의 직장일수록 더 심각하다고 말한다.

열심히 사는 사람일수록 번아웃 증후군을 맞닥뜨릴 수 있다. 자신의 인생을 좀 더 성공적으로 이끌기 위한 열정이 그 사람을 힘들게 하는 것이다. 인생 역전을 위해 달리다 전혀 예상하지 못한 방향 전환을 맞이하기도 한다. B씨처럼 말이다.

뜨거운 열정과 강인한 의지가 있다고 해도 24시간 자신을 풀가동해서는 안 된다. 사람은 기계가 아니기에 충분한 휴식을 통해 에너지를 재충전할 수 있어야 한다. 일하느라 쌓였던 육체적 피로, 감정의 찌꺼기들을 처리할 시간이 필요하다. 이와 같은 것을 제대로 처리하지 않았을 때 몸에서는 각종 질환의 신호가, 감정에서는 분노와 짜증이 유발되는 것이다. 특히 마음에 차곡차곡 감정의 찌꺼기들이 쌓일 때 번아웃이 일어나기 쉽다.

번아웃 증후군은 그동안 자신이 너무나 소중하게 생각하고 열정을 바친 것이 어느 날 갑자기 의미를 상실한다는 점에서 아이러니하다. 미국 공영 라디오 방송 NPR의 과학전문기자 조 팰카와 과학저널리스트 플로라 리히트만은 공동 저서 《우리는 왜 짜증나는가》에서 '탈낭만화 현상'을 설명하였다. 탈낭만화 현상이란 연애를 시작할 때의 매력적인 모습이 시간이 흘러 짜증을 유발하는 요소가 되는 것을 말한다. 이와 마찬가지로 소중하고 자랑스러운 나의 인생 목표, 그것을 향한 열정이 오히려 나의 분노와 짜증을 유발하는 대상이 되는 것이 번아웃 증후군이다.

많은 전문가가 뒤틀린 감정 문제를 해결하기 위해 연구를 거듭한다. 마음 속 깊은 곳에 가라앉아 있는 감정에 관심을 가지고 이해하려 노력해야 한다고 전문가들은 조언한다. 개인의 노력에 따라 벗어나는 정도도 달라진다고 한다.

내 인생의 목표도 소중하지만
바로 이 순간의 나도
소중하다.

미래를 위해 현재의 내가 너무 큰 희생을 치르지 않도록 그때그때 마음과
몸을 살펴주는 노력이 필요하다.

나를 망치는 '척하고 살기'에서 탈출하기

번아웃 증후군에 취약한 사람들이 있다. 성공 지향적인 사람, 목표를 위해 다른 것을 돌아보지 않고 감정을 억누르는 사람, 타인의 시선을 의식하면서 '괜찮은 척'하고 사는 사람들이다. 지쳐가는 자신을 돌아보지 않고 아무렇지 않은 척, 멀쩡한 척하고 살아가는 사람들도 포함된다. 이들은 자신의 괜찮은 척에 스스로도 익숙해졌기 때문에 번아웃된 자신의 모습을 볼 수 없다. 또한 규율, 다른 사람의 시선, 의무, 책임 등에 갇혀 자신의 마음 상태를 외면한 채 살아간다. 척하지 않고 마음을 온전히 들여다보고 아무것도 안 하는 상태를 받아들이는 연습이 누구보다 절실한 사람들이다.

전문가들은 번아웃 증후군을 해결하기 위한 치료법으로 혼자 고민하지 말고 주위 사람들과 대화를 나누며 서로의 감정을 공유하고, 본인만을 위한 충분한 휴식을 취하면서 명상을 즐기라고 조언한다. 운동을 하거나 퇴근 후 일에 대해서는 생각하지 않으며, 야근을 피하는 것도 좋다고 말한다. 또한 부탁을 해오는 상대방에게 과감히 거절할 줄 알아야 한다고 조언한다. 이는 타인의 눈치를 보느라 무리하게 일을 맡지 않기 위해서 필요한 태도이다.

인생 역전을 위해 맹렬히 달려가던 발걸음을 조정하는 것이 단번에 가능할 수는 없지만, 타인의 시선으로부터 벗어나고, 속마음을 꺼내는 것, No라고 말하는 것을 각각 조금씩 실천해보는 건 가능할 듯싶다. 제대로 된 인생을 살아가는 방법도, 멋지게 나이 들어가는 것도, 기막히게 인생을 역전하는 방법도 정해진 것은 없다. 하지만 그래도 아름다운 삶이라고 말할 수 있으려면, 적어도 나답게 살고 있어야 한다.

거짓된 나로 포장하는 것보다 진짜 나를 찾아가는 시간이 정작 우리에게 필요한데, 세상은 거꾸로 간다. 이러한 세상에서 중심을 잡아야 하는 것은 결국 나 자신이다. 그 무엇보다 소중한 것은 바로 현재의 나 자신이다.

수저 색깔을 한탄하며
나의 앞날을 희망 없음으로 받아들이기보다는,
살아야겠다는 의지를 세우는 것이
몇 곱절은 더 절실하다.

각자 자기만의 길이 있어

"왜 열심히 공부해야 하는지 모르겠어요. 어차피 저는 흙수저라 노력해도 달라질 건 아무것도 없잖아요. 이미 성공할 사람들은 정해져 있고, 노력해봤자 저 같은 흙수저는 금수저들 사이에서 죽어날 뿐이라고요."

어느 대학교에서 특강을 마친 후 한 학생이 다가와 대화를 청했다. 그는 자신의 상황과 시대적 불합리를 조목조목 지적했다. 그의 이야기를 정리하면 이렇다. 열심히 노력한다고 성공하는 시대가 아니다. 꿈도 미래도 없는 '흙수저'에게 노력하면 성공할 수 있다는 충고는 의미 없는 잔소리일 뿐이다. 출발선 자체가 다른데 노력만으로 공정한 경쟁이 가능한 것일까. 현실이 이러하므로 '흙수저'가 할 수 있는 최상의 선택은 '열심히'가 아니라 '대충대충' 살아야 한다는 것이었다. 어차피 '다포 세대연애, 결혼, 출산, 인간관계, 집, 취업 등 여러 가지를 포기해야 하는 세대'의 현실을 벗어나는 것은 불가능하며, 불확실한 가능성에 인생을 거는 건 시간 낭비라는 것이다. 그는 자신을 가둔 벽으로부터 탈출할 방법을 찾을 수 없기 때문에 그냥 갇힌 채 살아갈 것이며, 이에 대한 책임은 우리 사회에 있다고 결론 내렸다. 논리 정연한 그의 주장이 끝날 때까지 나는 몇 번이나 고개를 끄덕였는지 모른다.

부모만 잘 만나면 다 된다고?

'수저' 논란은 이제 우리나라의 자연스러운 현상이 되었다. 취업을 앞둔 수험생들, 결혼을 앞둔 예비 신랑신부들, 직장인들 사이에서 각자의 '수저 계급'을 평가하는 것은 낯설지 않다. SNS에는 살벌한 '수저계급표'가 회자 되고 있다. 경제력을 토대로 나눈 수저계급은 시대적 환경과 사회문화적 변화에 따른 풍토이겠지만, 참 많은 생각을 하게 한다.

> 수저계급표
> 흙수저: 자산 5천만 원 미만 또는 연수입 2천만 원 미만
> 동수저: 자산 5억 원 이상 또는 연수입 5천5백만 원 이상
> 은수저: 자산 10억 원 이상 또는 연수입 8천만 원 이상
> 금수저: 자산 20억 원 이상 또는 연수입 2억 원 이상
> 다이아몬드 수저: 자산 30억 원 이상 혹은 연수입 3억 원 이상

"부모 잘 만나서 좋겠다."
"집안에 돈 많아서 하고 싶은 것 다 할 수 있을 테니 부럽다."
"금수저라 행복하겠다."
태어날 때 결정되는 수저 색깔이 평생을 좌우하고, 행복과 불행을 결정한 다고 한다. 자신의 능력을 키워 멋진 결과를 만들어내겠다는 가능성의 미

래는 어디로 가고, 부모와 집안이 가진 돈과 권력이 성패를 결정짓는 핵심 요소로 등장한 것이다. 선뜻 인정하고 싶지 않지만 많은 이가 그렇게 주장하고 있고, 실제로 이곳저곳에서 확인되니 반발하기도 두렵다.

나는 운이 좋게도 수저 논란이 없던 시절에 태어나고 성장했다. 부모로부터 받는 혜택이 이 집이든 저 집이든 비슷한 시대였기 때문에 별 차이 모르고 살아왔다. 그런데 지금은 달라도 너무 다르다. 부모의 성공이 곧 자식의 성공이고, 부모의 재산이 곧 자식의 재산이 된다. '금수저'라 취업하고 승진을 쉽게 했다느니, 나는 빚을 지고 있을 때 누구는 부모로부터 집을 받았다느니 하는 이야기들이 심심찮게 귀에 꽂힌다. 텔레비전에는 부모 잘 만난 2세들의 삶의 여유가 그림처럼 펼쳐진다.

현실이 그러하니 '흙수저'인 자신을 자꾸 원망하게 된다. 이런 유치한 수저 논란에서 벗어나고 싶어도 쉽게 벗어날 수가 없다. '금수저'로 태어났다면 이렇게 돈 없어서, 힘없어서 무시당하며 살지는 않았을 텐데, 다시 태어나면 꼭 '금수저' 집안의 귀한 자식으로 태어나고 싶다. 우리 시대를 살아가는 많은 사람의 꿈과 미래가 거침없이 시궁창에 처박히고도 남을 현실이다. 이미 세상은 변해도 너무 변해버렸다.

수저계급론을 비판하는 사람들도 있다. 스스로 노력할 생각을 하지 않고 부모나 집안의 후광에 기대려는 안일한 사고를 한다는 것이다. 하지만 현실 속에서 신계급으로 인한 불평등이 여봐란듯이 펼쳐지니, 수저 탓을 하는 사람만 잘못이라고 할 수 있겠는가.

수저계급론은 단지 자신의 처지에 대한 불만이 아니다. 빈익빈 부익부가 심화되고 계층 간 이동이 점점 어려워지면서 마치 왕조 시대처럼 '신분'이 대물림되어 '흙수저'들은 노력해도 일정 수준 이상은 올라갈 수 없는 사회에 대한 비판이고, 더 이상 이래서는 안 된다는 외침이다. 자신이 땀 흘린 만큼 인정과 보상을 얻는 사회, 가지고 있는 배경이 어떻든 간에 노력해야 대가를 얻는다는 상식이 통하는 사회를 만들어야 한다. 우리 사회가 이와 반대로 가고 있다면 사회, 국가적 차원에서의 성찰과 개선의 노력이 필요하다.

금수저로 태어났다고 완벽하게 행복한 것은 아니다. 세상이 불공평할 때가 많지만, 면면을 훑어보면 묘한 '공평함'을 발견할 때가 있다. 부유한 부모를 두었지만 부모의 큰 기대를 충족시키지 못해서 못난이 자식이 되는 경우도 있다. 가문과 비즈니스를 위해 애정 없는 결혼을 선택하는 경우도

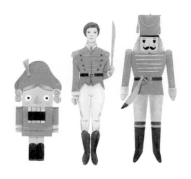

많다. 자신의 재능과 무관하게 부모가 원하는 직업을 가져야 하는 경우도 있다. 사람을 쉽게 믿지 못하고 속마음 터놓을 친구를 사귀기도 힘들다. '금수저'라 다 가졌다고 하지만, 뭐 하나 자기 마음대로 할 수 없이 금수저의 감옥에서 허우적거리는 것이다. 물론 생존을 위해 치열하게 싸워야 하는 우리에게 '금수저'의 고민조차 사치로 보일지 모르겠지만, 사람은 결국 각자의 십자가를 짊어지고 산다는 생각이 든다.

프리다 칼로의 그림 앞에서

일평생 자화상을 그린 화가 프리다 칼로. 그녀는 여섯 살에 소아마비를 앓아 오른쪽 다리가 불편했지만 생물학과 해부학을 공부하고 멋진 의사가 되고 싶다는 꿈을 키웠다. 그러나 열여덟 살 되던 해, 그녀의 운명은 거침없이 그녀의 계획으로부터 벗어나기 시작했다. 하굣길에 그녀가 탄 버스와 전차가 부딪히면서 치명상을 입었는데, 사고 당시 그녀의 옆구리를 뚫고 들어간 강철봉이 척추와 골반을 관통해 허벅지로 빠져나왔고, 소아마비로 불편했던 오른발은 짓이겨졌다. 프리다 칼로는 너무나 끔찍했던 당시를 "이 사고로 다친 것이 아니라 부서졌다"라고 표현했다.

깁스를 하고 침대에 누워 할 수 있는 것은 오로지 그림을 그리는 것뿐이었다. 거울에 비친 자신의 모습을 보고 또 보고, 관찰하고 또 관찰하며 자화상을 그렸다. 기적 같은 일이었다. 절망과 포기가 아니라 그림을 선택하다니!

프리다 칼로는 주변의 예상을 깨고 치명적인 불행 속에서도 자신의 꿈을 빼앗기지 않았다. 함부로 내동댕이치지도 않았다. 단숨에 삶을 포기하지도 않았다. 오히려 살아 숨 쉰다는 것이 경이로울 뿐이었고, 무엇인가 할 수 있다는 것에 감사할 따름이었다.

만약 프리다 칼로의 상황이 내게 닥친다면 나는 어떤 선택과 결정을 할까? 나머지의 삶을 어떻게 살아갈까? 어떤 마음으로 시간을 보낼까? 혹시 당신에게 닥친 일이라면 당신은 어떤 선택을 할 것인가? 스스로 숱하게 상상해보지만 그녀의 지독한 상황을 나는 잘 못 견뎠을 것 같다. 그녀만큼 굳건하게 그림을 그리지 못했을 것 같다.

프리다 칼로의 자화상을 볼 때마다 무섭고, 고통스럽고, 외롭고, 절망하는 마음을 극복하느라 갖은 애를 쓰는 그녀를 느꼈다. 자신만의 생각을 오롯이 담아낸 평범하지 않은 그녀의 그림 속에서 예술에의 몰입으로 고통을 잊어버리려는 눈물겨운 아픔도 느껴졌다. 그녀는 긴긴 시간 동안 자기 운명과 맞서 싸우며 보이지 않는 삶의 끈을 움켜쥔 채 오늘도 살아 있음에 감사할 뿐이라고 외쳤을지 모른다. 그렇게 하루하루 고단하게 키워낸 그녀의 살아 있음이 그녀의 그림에 고스란히 투영되어 있다.

왜 하필 수많은 사람 중에 나였을까? 프리다 칼로가 그 물음에 집착했다면 고통스럽기만 한 아픔을 이겨내야겠다는 마음이 생겼을까? 그녀의 마음을 알 길 없지만, 스스로 살아내기 위해 어쩌다 불행이 내게 닥쳤을 뿐이라고, 자신에게 닥친 현실을 자연스럽게 받아들였을지도 모른다. 그래서 감히 생각하건대, 수저 색깔을 한탄하며 나의 앞날을 희망 없음으로 받아들이기보다는, 살아야겠다는 의지를 세우는 것이 몇 곱절은 더 절실하다. 인생을 살면서 지금의 현실이 무엇보다 중요한 것 같지만, 지나고 나면 아무것도 아닌 일도 많다. 그때는 아무것도 아닌 듯했지만, 지나고 나면 무엇보다 소중한 것인 경우도 있다. 수저 논란은 세월을 지내고 보니 생각조차 나지 않을 정도로 매우 사소한 것에 포함되면 좋겠다.

다른 사람이
내 인생을 바꿔줄 수 있다면 좋겠지만
내 것은 그래도 내가 바꾸는 게 가장 낫다.
나를 알지도 못하는 사람에게
비법을 묻겠다고 시간 낭비하는 것보다는
나 스스로 만들어가는 게 낫지 않을까.

팔자 고치고 싶을 때 해야 하는 것

운명을 맹신하는 여성이 있다. 교통사고로 식물인간이 된 동생을 살리기 위해 그녀는 무속인을 찾아간다. 동생을 살리려면 호랑이띠 남자와 하룻밤을 보내야 한다는 특명을 내린 무속인. 그녀는 무속인을 만난 이후 줄기차게 호랑이띠 남자만 찾아다닌다. 그녀는 과연 호랑이띠 남자를 만날 수 있을까? 동생은 완치될 수 있을까? 이는 어느 방송사에서 인기리에 방영된 한 드라마 내용이다.

한 남자가 있다. 그는 차도남이다. 외모도, 패션도, 먹는 음식까지도 도시적이고 세련되었다. 그런데 결혼만큼은 매우 보수적이다. 무슨 일이 있어도 남녀 사이는 궁합을 보아야 한다는 철칙이 있다. 궁합이 나쁘면 결혼 후 불행을 못 벗어날 것이라는 철학관의 말을 철석같이 믿으며 마흔일곱 살인 지금까지 인연을 기다린다. 그는 수년째 결혼정보 회사의 고객으로 줄기차게 맞선을 보고 있다. 하지만 궁합 타령으로 온전한 연애 한번 못해봤다. 간단한 소개팅을 할 때도 어김없이 궁합부터 확인한다. 과연 그는 쉰 살이 되기 전에 결혼할 수 있을까?

정말 모든 것이 처음부터 결정되어 있을까

우리나라 사람들은 팔자, 사주, 궁합, 운명이라는 말을 자주 쓴다. 최근에는 타로카드 같은 서양 점술도 대중의 이목을 끌고 있다. 무슨 일이라도 생기면 출근 도장 찍듯 점술사에게 확인하고, 호감 가는 사람이 생기면 궁합부터 따진다. 사귀어야 하는지, 헤어져야 하는지 점괘에서 답을 찾는다. 불안한 미래, 열 길 물속보다 깊은 사람 속 때문에 발생할지 모르는 불행 때문에 스스로의 판단과 선택만으로는 도저히 안심이 되지 않는다. 내 인생임에도 누군가의 허락 여부에서 헤어나지 못하는 것이다. 그만큼 많은 이의 인생을 좌지우지하는 위력을 발휘한다. 그 운명, 팔자라는 것이 말이다.

사람마다 다르겠지만 꽤 많은 사람이 역술가, 점성술사, 무속인의 말을 신의 소리로 여기고 절대적으로 믿는다. 그들의 예언처럼 운명이 펼쳐질 것으로 맹신한다. 보이지 않는 예언에 대한 믿음이 가끔은 소름 끼치도록 비현실적일 때도 있다.

정말 인생은 정해진 것인가? 구질구질한 내 팔자를 한 방에 역전시킬 비법이 있을까? 비법을 명쾌하게 제시한다면 나도 만나고 싶다. 팔자 한번 제대로 고쳐서 세상 부러운 팔자로 살고 싶은 욕심이 있으니, 팔자 고치는 비법을 힌트로 줄 수 없느냐 꼭 묻고 싶다. 뭐 이런 마음 가지고 사는 사람이 어디 한둘일까. 팔자대로 산다는 것을 믿든 안 믿든 속마음을 열어보면 남들 다 부러워하는 팔자로 살고 싶다는 생각은 다 하지 않을까 싶다.

가끔 팔자를 고쳤다는 이야기도 듣는다. 팔자 폈다는 사람, 팔자 바뀌었다는 사람, 팔자 좋아졌다는 사람, 팔자 몰라보게 달라졌다는 사람 이야기를 아주 드물게 듣는다. 여차여차해서 좋아졌다는 사연을 들으며 '사람 팔자 아무도 모르는구나!'를 떠올리지만 어떤 묘책을 썼는지는 감히 짐작도 하지 못한다. 변할 수도 있고, 고칠 수도 있다는 것을 어렴풋이 인정하지만 허황된 묘책에 대한 의문은 여전히 남아 있다. 꽈배기처럼 꼬인 인생을 술술 풀리게 하는 묘책이 있기는 한 걸까.

"여우 꼬리를 지니고 다니면 남자들한테 인기가 많아진다고 해서 벌써 두 달째 가방에 꼭 챙겨 다녀요. 아직 어떤 남자도 다가오지 않았지만 조만간 연애할 수 있겠지요? 적금 깬 돈으로 아주 비싸게 샀거든요. 올해 만나는 남자랑 결혼해야 제 팔자가 편해진다고 했어요."
"유명한 장군님 무덤 근처에 부적을 묻으면 인생이 바뀐다고 했어요. 이 이야기는 비밀인데요. 지난주 새벽 다섯 시에 ○○○ 장군님 묘지 근처에 부적 하나 파묻고 왔어요. 새벽이라 너무 무서웠지만 제 운명이 바뀐다고 하니 뭐 이쯤은 노력해야겠죠. 인생 바꾸는 게 어디 쉽겠어요. 앞으로 다섯 번은 더 다녀야 하는데 걱정이네요. 빨리 일을 끝내야 꼬인 내 인생이 술술 풀려 대박 날 텐데……."

"타로카드를 보니 다음 달에 꼭 승진한대요. 그냥 믿고 기다리면 다 잘될 거라고 했거든요. 참, 한씨 성을 가진 사람은 가까이하지 말고, 김씨 성이 나한테 귀인이니 그들을 가까이하라고 했어요."

밑도 끝도 없이 들리지만, 모두 내가 만난 사람들의 이야기다. 운명과 팔자는 개척하기 나름이라고 생각하는 사람들은 운명을 추종하는 사람들을 이해할 수 없을지 모른다. 어두운 새벽에 장군님 묘까지 간다는 것도, 여우 꼬리 덕분에 남자를 만날 거라고 기대하는 것도 이상한 일이다. 하지만 운명론자들의 입장은 다르다. 얼마나 다급했으면 여우 꼬리를 가지고 다닐 것이며, 무덤 근처에 부적을 묻었겠는가 말이다. 맞고 틀리고는 나중 문제이지만, 그 간절함과 절실함만큼은 인정하지 않을 수 없다.

기막히게 운명을 바꿀 수 있는 방법 세 가지

자신의 운명, 팔자에 만족하는 사람은 극히 드물다. 운명을 부정하기도 하고, 밀어내기도 하지만 평생을 살아가면서 "운명 따위는 없어"라는 강한 의지를 고수해내는 것은 쉽지 않다. 그래서 수많은 사람이 '개운운명을 고치는 법'에 휘둘리기도 한다. 운명에 대해 나도 참 많은 고민을 하였고, 지금도 앞으로도 어쩌면 영원히 운명이라는 주제의 고민에서 벗어날 수 없을 것만 같다. 살아 숨 쉬는 동안 줄기차게 생각하고 또 생각할 것만 같다.

운명을 바꿨다고 말하는 보편타당한 방법과 묘책은 제시되었지만, 아주 특수한 방법으로 고민을 해결했다는 사례는 많지 않다. 음지陰地의 영역이라 친밀한 사람들끼리만 조심스레 정보를 주고받는 게 일반적이다. 병원에서 병명을 판명하듯 객관적 진단에서 벗어나는 경우도 많다. '처방전'도 '병상 기록'도 남지 않는다. 눈에 보이지 않는 것을 믿어야 하는 경우도 있다. 아주 특수한 분야이다. 그래서 각자의 문제이다. 과학적 논리로 접근해서는 도저히 답이 나오지 않는다. 세상사에 과학적이지 않는 일이 얼마나 많은가. 때로는 비과학적 논리가 맞을 때도 있고, 보이지 않는 것이 보이는 것을 좌우하는 경우도 있다.
그렇다 해도 타고난 운명과 팔자를 한 방에 역전시킨다는 것은 좀처럼 믿기 어려운 일이다. 묘책과 비방이 있다고 해서 살펴보면 획기적으로 인생

을 역전한 이는 없었다. '혹시나' 했는데 '역시나'였다. 혹시나 하고 기대했던 나 자신이 우스울 뿐이었다.

운명을 바꾸는 방법에 정답이 없다. 그런데도 풍수지리, 재테크, 공부, 음식, 얼굴 인상, 이름, 명상 등 참 많은 부분에서 운명을 바꿀 수 있다고 한다. 나는 사람이 운명을 타고난다고 생각한다. 물론 어느 정도는 바꿀 수 있다고 믿는다. 바꿀 수 있는 비법은 무궁무진하다.

데뷔 후 변함없는 미모와 당당한 모습을 유지하는 여배우 김희애. 긴 시간 동안 그녀가 팬들로부터 사랑을 받는 이유는 뭘까? 그녀는 인터뷰를 통해 자신의 '운명을 바꾸는 방법'에 대해서 말했다. 아름다움을 만들고, 꾸준히 가꾸며, 좋은 흐름을 가져가는 것이 여배우로서 운명을 만들어 나아가는 방법이란다. 운명을 바꾸는 그녀의 특급 비법은 여섯 가지다.

첫째, 특급 매력을 만들 것.
둘째, 터닝 포인트를 준비할 것.
셋째, 계속 그리고 계속 또 그리고 계속할 것.
넷째, 자연스러운 모습을 찾을 것.
다섯째, 충분한 시간을 들일 것.
여섯째, 나이 드는 것을 아쉬워하지 않을 것.

많은 이가 부러워할 만한 위치에 선 그녀는 "하루하루 노력했지만, 안 될 때도 많았다"라며 겸손하게 자신을 낮춘다. 그녀의 운명 역전은 매우 상식적이며 일상적이다. 누구나 실천할 수 있는 비법이라 더욱 마음에 든다.

운명의 소용돌이에서 벗어나려 할수록 더 강하게 소용돌이에 휘말리기도 하고, 노력할수록 더 크게 실패하는 모습을 본 적도 있다. 수학 공식과 과학적 통계, 서론-본론-결론으로 연결된 논리성과 전후좌우가 맞아떨어지는 분석 기법도 아무 소용없을 때가 있었다. 하지만 그래서 더욱더 운명이라는 것, 나의 인생이라는 것에 애착이 생겼는지도 모른다. 결국 미래는 아무도 모르는 것이고, 나의 인생이 어떻게 변할지는 미지수인 것이다.

완벽한 한 방의 인생 역전은 불가능하겠지만 스스로의 운명이나 팔자를 조금 더 윤택하게, 더욱 빛나게, 지금보다 풍요롭게 바꿀 수 있는 방법은 있다. 이쯤에서 내가 생각하는 운명을 바꿀 수 있는 방법 세 가지를 이야기하고자 한다. 내가 동서양의 인문학을 공부하고 사회 활동을 한 25년의 경험을 바탕으로 정리한 것이다.

첫 번째 비법은 사람이다. 어떤 사람을 만나느냐, 어떤 사람과 함께 사느

냐, 어떤 사람과 일하느냐, 어떤 사람이 고객이냐에 따라서 내가 변하고 내 운명이 변한다. 나에게 뭐라도 도움이 되는 사람과 함께하는 것은 나를 성장시키고 발전시키고 숙성시킨다. 특히 나보다 능력이 좋은 사람, 나보다 안정적인 사람, 나보다 인품이 좋은 사람, 나보다 지혜로운 사람을 만날 수 있다면 상대방의 능력, 안정, 성격, 지혜, 인품을 나눠 갖게 된다. 나를 긍정적으로 변화시킨다.

두 번째 비법은 환경이다. 나를 위한 최상의 환경으로 바꿔야 한다. 나를 위해 최악의 환경을 개선해야 한다. 사람은 환경에 지배당할 수 있다. 사람은 환경으로부터 성장할 수 있다. 공부하는 환경, 독서하는 환경, 소통하는 환경, 미래를 준비하는 환경, 자립하는 환경, 장사판매하는 환경, 성실한 환경 등등 나와 우리 가족, 우리 회사에 가장 강한 영향력을 미치는 환경이 나를 변화시킨다. 사람이 위대한 이유 중 하나는 어떠한 환경에도 적응하고, 나아가 그 환경에 적합한 사람으로 변화한다는 것이다. 좋은 환경은 나를 희망적인 사람으로 변화시킨다.

세 번째 비법은 반복이다. 다른 말로 습관이다. 어떤 종류의 습관으로 하루를 보내느냐가 나의 인생을 결정한다. 생활의 습관, 언어말의 습관, 대인 관계의 습관, 인연만남과 이별의 습관, 업무의 습관, 표정의 습관, 성실함의 습관, 감정의 습관 등 다양하다. 특히 생각의 습관이 가장 큰 영향력을 가진다. 행복을 느끼는 것도, 불행을 느끼는 것도 생각의 습관 차이다.

다른 사람이 내 인생을 바꿔줄 수 있다면 좋겠지만 내 것은 그래도 내가 바꾸는 게 가장 낫다. 나를 알지도 못하는 사람에게 비법을 묻겠다고 시간 낭비하는 것보다는 나 스스로 만들어가는 게 낫지 않을까.
스스로가 인정하고 싶지 않은 굴곡진 인생을 조금 더 원만한 인생으로 바꾸려는 것도 인생에 대한 애착이다. 자신의 인생에 사랑과 관심이 없다면 비책이 궁금하지도 않았을 것이다. 뭔가를 바꾸고자 애쓴다는 것은, 뭐라도 바꿔보고 싶다는 것은 그래도 자기 스스로에 대한 노력이다. 이런 노력조차 하지 않고 자신을 내버려두는 사람은 또 얼마나 많은가.

오늘도 고단하게 하루를 마감하고 있는가? 희망을 가지길 바란다.
좋은 때, 기막히게 운 좋은 기회는 특정인에게만 주어지는 것이 아니다.
내일 나에게도 소스라치게 놀랄 일이 벌어질지 모른다.

누구에게나 기회는 온다

한동네에서 자라 고등학교까지 같은 학교를 다닌 A씨와 B씨는 이른바 불알친구다. 대학 졸업 뒤 취직해서 각자 사회생활을 시작했는데, 그때부터 둘은 삶의 궤적을 달리 그리게 되었다. A씨는 회사에서 능력을 인정받으며 남들보다 빠른 승진의 길을 걸었다. 반면 B씨는 노력했지만 좀처럼 승진 기회를 잡지 못했고, 급기야 오랫동안 몸 바친 회사가 경영 악화로 실시한 구조조정 때문에 퇴사해야 했다.

어느덧 A씨는 임원 승진 인사를 차분히 준비하고 있다. B씨는 장사를 할 마음으로 이것저것 시도하지만 잘되지 않아 시름이 깊다. 같은 나이임에도 두 사람은 대여섯 살 이상 차이 나 보인다. 여유롭고 활기찬 A씨의 인상에 비해 B씨의 인상은 뭔가에 쫓기듯 초조하고 어둡다.

나의 '때'는 언제인가

A씨와 B씨 사례는 우리 주변에서 어렵지 않게 찾아볼 수 있다. 두 사람은 이후 어떻게 되었을까. A씨가 여러모로 좋은 운을 타고났고 그래서 계속 잘될 것이라 짐작하기 쉽지만, 실제로는 그렇지 않다. 임원 승진 인사에서 탈락한 뒤 퇴사한 A씨는 실망과 분노를 추스르지 못해 한동안 방황하다가 뒤늦게 제2의 인생을 준비하고 있다. 반면, B씨는 그토록 애태우며 신중하게 조사하고 준비한 가게가 좋은 반응을 얻고 있다. 대박까지는 아니어도 꾸준히 입소문을 타면서 손님들의 발길이 이어지자 B씨의 얼굴은 몰라볼 정도로 밝아졌다.

"다 때가 있다."
우리는 아주 어릴 적부터 이 말을 들으며 살아왔다. 하지만 이해도 안되고, 겪어보지 않아서 그 '때時'라는 것을 믿지 못했다. 그저 나이 든 사람들이 하는 말이거니 했다. 그런데 나이 들어 보니 어릴 때 들었던 그 말이 차츰 이해되었다. 아주 치열하게 도전해본 뒤 "지금은 때가 안 좋아", "아직 때가 되지 않은 것 같아"라며 허탈하게 인정하기도 했고, 다시 "때가 올 때까지 기다려야겠지?"라며 어릴 때 스쳐 들었던 어른들의 말을 되뇌며 스스로에게 희망을 주기도 했다.
때란 무턱대고 열정을 앞세운다고 오는 것이 아니다. 무작정 일을 벌인다고 되는 것도 아니다. 여러 여건이 적절하게 맞아떨어져야 이루고 나아가 성공할 수 있다. 그 어떤 작품이라도 조각조각 퍼즐이 제대로 맞아야 미완성에서 벗어날 수 있듯이 말이다.

좋은 운, 즉 '때'는 하늘로부터 주어지는 것처럼 느껴지지만, 사실은 나의 노력과 적절하게 어우러질 때 비로소 진짜 힘을 발휘한다. 그래서 나에게 맞는 때, 오로지 나를 위한 때, 나에게 꼭 필요한 시점은 따로 있다. 친구 따라 강남 간다고 옆 사람에게 찾아온 때를 착각해 나까지 들뜨면 망치기 쉽다. 멋지게 인생 역전하고 싶다면 '때 찾기'에 더욱 민감해져야 한다. 그렇다면 때가 왔음을 어떻게 알아볼 수 있을까? 통찰력을 갖추고 키워야 한다. 현실 사안에 대해 본질을 파악하고 단순화시켜 결정할 능력, 이게 바로 통찰력이다. 희박한 가능성의 '운運발'만 고대해서는 안 된다. 자신에게 닥친 현실과 앞으로 펼쳐질 현실 가능성에 대한 예측을 통합적으로 분석하고, 절호의 기회를 엿보고, 고대하던 좋은 때라는 것을 직감할 수 있어야 한다.

'때'는 사람마다 오는 시기가 모두 다른 듯하다. 한창 좋은 나이에 때가 온다면 금상첨화이겠다. 거두절미하고 더 바랄 게 없다. 남들보다 조금 더 빨리 온다면 '웬 떡이냐!' 하며 마냥 좋기만 할 것이다. 그런데 주변을 살펴보면 한창 좋은 나이에 때를 맞이하는 경우는 그리 흔치 않다. 실상 내가 원하는 시기에 찾아오는 경우도 별로 없다. 오히려 반대인 경우가 더 많은 듯하다. 살아생전 좋은 때를 만나지 못해 고생만 하다가 죽고 나서야 이름이 알려지는 경우도 있다. '호랑이는 죽어서 가죽을 남기고 사람은 죽어서 이름을 남긴다'는 속담이 그냥 생긴 것은 아님을 여실히 증명해준다.

어찌 되었든 시기만 다를 뿐이지, 누구에게나 좋은 시절이 온다. 억지스럽지만 나는 그렇게 믿기로 했다. 그래야 불공평이 덜하고, 치우치지 않는 행운이 될 것만 같으니까. 나 역시 언젠가는 행운을 넘어 기적이 일어나길 바란다. 기적이 일어난다는 것은 곧 기회가 왔다는 말이다. 누구에게나 공평하게 주어지는 기회는 일상의 고단함을 치유하는 데 효과가 높다. 불평등한 사회에 대한 불만을 확실하게 해소시켜줄 것이다.

오늘도 고단하게 하루를 마감하고 있는가? 희망을 가지길 바란다. 좋은 때, 기막히게 운 좋은 기회는 특정인에게만 주어지는 것이 아니다. 내일 나에게도 소스라치게 놀랄 일이 벌어질지 모른다.

굳건한 기다림, 그 후에는

'기다림의 미학'이라는 말을 참 많이 듣는다. 그러나 막상 일상에서의 기다림은 참을 수 없을 만큼 힘들다. 약속 시간보다 5분 늦게 나타나는 사람을 기다리는 일도 어렵고, 주문한 음식이 나올 때까지의 짧은 시간을 기다리는 것도 어렵다. 취직시험의 당락을 기다리는 며칠은 죽을 맛이고, 제대 날짜를 손꼽아 기다리는 것은 상상을 초월한 고통이다. 정해진 시간을 기다리는 것도 어려운데 언제 올지도 모르는 때를 기다린다는 것이 쉬운 일일까? 오기는 하는 것일까? 아무도 답을 모른다.

세상에서 가장 느리지만 가장 빠르게 자라는 식물이 있다. 대나무다. 자연 속에서 대나무는 참 신비하게 성장한다. 대나무는 죽순 상태로 4년을 보낸다. 죽순은 땅속 깊은 곳에서 4년간 뿌리를 내리고 영양을 공급받는다. 세상에 나가고 싶어 근질근질하겠지만 꾹 참고 땅속에서 4년을 꽉 채운다. 그리고 5년차가 되는 해, 땅 위로 나온다. 대나무의 키는 보통 20미터에서 30미터까지 자라는데 4년의 시간을 보상받기라도 하듯 하루에 30~40센티미터는 보통이고 60센티미터까지 자라는 경우도 있다. 기다림 끝에 얻은 꿀맛 같은 성장으로 확실히 보상받는다고나 할까. 힘들었지만 기다린 보람이 있는 것이다.

자연에서 찾은 기다림의 미학이다. 세상에서 가장 느리게 성장한다고 했던 대나무가 가장 빠르게 성장하는 나무로 역전의 명수가 된다. 가장 빠르게 자라는 나무로 우뚝 선 것이다. 이를 보면 세상일에는 이치理致가 있구나 싶다.

사람 사는 세상에서도 '기다림의 미학'으로 유명한 이야기가 있다. 세계 역사를 통틀어 이 사람만큼 늙은 나이에 성공한 인물이 있을까? 이 사람만큼 오래 기다린 이가 또 있을까 싶다. 바로 강태공 이야기다. 대략 3200년 전 중국 은나라 주왕의 폭정 때문에 민심이 흉흉하던 시절, 강태공은 이름 없는 한촌에서 낚시와 글공부로 하루하루를 보냈다. 낮에는 낚시, 밤에는 글공부, 초라하기 짝이 없는 신세로 세월을 보냈다. 강태공은 일흔 살이 넘도록, 40년이라는 시간이 넘도록 계속 허송세월만 했다. 견디다 못한 아내마저 그를 떠났다. 여든을 바라보던 어느 날, 문공의 눈에 띄어 기적처럼 그의 스승 겸 책사가 되었다. 그 후 많은 공을 세운 강태공은 재상이 되었고, 제후가 되었다. 오랜 시간의 기다림 끝에 천하를 얻은 것이다.

대나무로 성장하고 싶은 죽순의 기다림이 쉽지 않았을 것이며, 평생을 낚시로 보낸 강태공의 기다림이야말로 말해 무엇 하겠는가. 특별했던 그의 삶을 생각해보니 기가 막힌다. 혹시 기다림을 포기했다면 강태공의 삶은 어찌 되었을까. 도저히 더는 못 기다리겠다며, 먹고사는 게 힘드니까 딱 포기하고 말단 관직이라도 꿰찼다면 그렇게 큰 기회가 왔을까. 한 치 앞도 모르는 인생 앞에 나약해질 수 있는 것이 사람 마음이다. 그러나 대나무는, 강태공은 결코 나약해지지 않았다. 굳건한 기다림으로 찬란한 영화를 얻을 수 있었다.

내가 원하는 것을 얻기 위해서는 참 많은 기다림이 필요하다. 달콤한 데이트를 하기까지 상대방을 기다려야 하고, 대입시험이나 취직시험에 합격하기까지 발표 날을 기다려야 하고, 알콩달콩 신혼생활을 하기까지 결혼식 날을 기다려야 한다.
비즈니스에서도 마찬가지다. 중차대한 일을 앞두고 초조하고, 불안하고, 설레고, 망설이며, 기다리고 또 기다린다. 사람의 인생에서 기다림은 미지의 세계를 열어주는 마법 같은 것이다. 마법의 문이 열리는 순간 어떤 일들이 일어날지 아무도 모르지만, 신세계를 알리는 시초임은 분명하다.

기다림의 순간을 채움의 순간으로 바꿀 필요가 있다. 제대로 과정을 즐길 줄 아는 사람만이 기다림의 순간까지도 즐길 수 있다. 대나무로 성장하고 싶었던 죽순이 그랬던 것처럼, 천하를 호령하고 싶었던 강태공이 그랬던 것처럼 처참하게 도망치고 싶기만 한 과정이 아니라 자신을 채워가는 대비의 시간이 되었으면 좋겠다.

오늘도 힘겹게 내 자리를 지켜내느라 갖은 애를 쓰고 있는 나에게 이런 굳건한 기다림은 무엇을 안겨줄까? 기다림 뒤에 어떤 일들이 일어날까? 생각만 해도 설레는 날이다. 오랜만에 느껴보는, 이렇게 설레는 기분을 느끼는 것이 살맛 나는 인생이지 싶다.

햇살 좋은 휴일 오후, 한가로이 세탁기를 돌렸다.
베란다로 비치는 햇살은 따뜻했고.
강아지는 소파에 엎드려 한가롭게 개껌을 질겅질겅 씹었다.
모든 게 평화롭기만 한 순간이었다.
문득 행복하다는 생각이 들었다.

돈이 전부가 아니라는 진실을 깨닫기

모 백화점에서 직원을 무릎 꿇리고 폭언한 한 여성 고객이 사람들의 공
분을 샀다. 그 여성은 돈이면 다 된다고 생각하며 사는 모양이다. 돈으
로 안 되는 것도 참 많은데, 돈 좀 가졌다는 것을 앞세워 도를 넘는 갑질
을 해댄 것이다.

이런 사건은 종종 터졌고 그때마다 언론은 고객의 갑질 논란에 불을 지
폈다. 더럽고 서러워 판매직은 못 하겠다는 소리가 여기저기서 터져 나
온다. 별거 아닌 것 가지고 생난리를 치는 고객이 무서워 다른 직업을
찾겠노라 뒤늦게 공부하는 취업 준비생들도 생겼다. 까칠한 고객을 응
대하는 감정노동이 그나마 덜한 직업이 무엇인지 찾느라 인터넷 검색으
로 하루를 다 보낸다는 이들도 있다.

나 역시 이런 사건을 접하는 날에는 사람에 대한 배려가 바닥까지 내려
온 것은 아닌지, 심히 걱정스럽다. 이런 환경에서 직원들이 어떤 방식으
로 최선을 다해 성과를 올려야 하는지 회사의 성과 시스템이 의아할 뿐
이다.

돈이면 다 된다고 생각한다면

고객의 갑질이 사람들 입에 오르내릴 무렵, 나는 우연히 한 세미나에 참석했다. '우리 사회 어디로 가나?'라는 특별 세미나였다. 핵심 주제는 '미래 사회가 어떻게 변화될 것인가'였다. 강사의 논리적인 말투는 강연장 안을 가득 채웠다.

"격렬해지는 사회, 감정에 휘둘리는 사람들, 잔인하고 폭력적인 사건들, 치료약도 부족한 직원들의 감정노동, 돈이면 다 된다고 믿는 사람들, 조금이라도 피해를 보지 않으려는 사람들, 손해 보는 자체를 참지 못하는 사람들, 상호 배려보다는 자기 안위만 중시하는 사람들, 상호 믿음보다는 계산방식을 먼저 들이대는 사람들…… 앞으로 갑질하는 고객은 거침없이 늘어날 것입니다. 지금 이 사회가 이렇게 변해가고 있습니다. 전문가인 저도 적응하기가 어렵습니다."

착한 언행은 어리석은 못난이로 변질되고, 상대방을 배려하는 것도 쓸데없는 오지랖으로 치부되며, 상대방을 믿어주는 것도 불필요한 의리일 뿐 하나를 주면 반드시 하나를 받아야 하는 사회가 되었다는 것이다. 우리 사회가 참으로 삭막해지고 있다.

어디에서부터 잘못된 것일까? 언제부터 이렇게 변질되기 시작했을까? 우리 자신도 모르는 사이 세상은 이미 너무 변해버렸다. 금수저, 흙수저가 대두되고, 낙하산 타고 좋은 직장도 금방 들어갈 수 있고, 고속 승진도 어렵지 않고, 작은 기업에서 중견기업 가는 길도 단축되고, 비즈니스도 일사천리로 뚫릴 수 있다. 언제부터 이렇게 우리 사회가 황금 최고주의가 되었을까.

이런 세상에서 성공하는 것이 무슨 의미인가 싶고, 이런 변질된 세상에서 성공하면 뭐 할까 싶다. 오로지 자기 자신의 실속만 챙기면 되는 세상에서 함께 어울려 살고, 함께 나누고 살아야 한다고 외쳐댈 필요가 있을까. 너나없이 돈만 외쳐대고 있는데, 돈이면 다 된다고 말하는데, 나 혼자 역행한다고 될 일일까. 나 홀로 공평한 세상 만들자고 하면 변할 일인가. 기본을 지켜야 한다고 목청껏 외치는 나만 이상한 사람이 되는 것 아닌가. 사회가 돈을 숭배하고 성공을 칭송할수록 나는 기뻐하는 마음, 감사하는 마음을 수시로 놓쳐서 실수를 연발한다. 치열해지고 싶지 않아도 치열한 경쟁구조 때문에 더 치열하게 변해버린 나 자신이 혐오스러울 때도 있다. 과정은 궁금하지 않으니까 결론만 말해야 하고, 타인과 경쟁해서 얼마나 얻었는지, 한 달에 벌어들이는 돈이 얼마이며, 들고 있는 가방은 얼마짜리

인지가 중요한 세상! 무엇이든 돈으로 가치를 매기려고 하는 이들을 만날
때마다 너무 변해버린 세상에 놀란다.
변해버린 세상을 이대로 인정해서는 안 된다.

희미해져만 가는 가치,
그 무엇보다 사람이 중요하다는
진실이 다시 살아나야 한다.
돈보다는 땀 흘리며 노력하는 사람이,
결과보다는 과정이 대접받는 시대로 변화해야 한다.

주어진 일에 최선을 다해야 한다는 법정 스님의 말씀처럼, 매 순간의 최선은 긴 인생의 최선이라는 희망 글귀를 남겨준 이해인 수녀님의 깨달음처럼 우리네 세상을 삭막함이 아니라 사람 냄새 풀풀 나는 따뜻한 세상으로 만들어야 한다. 팍팍해서 살기 어려운 세상이 아니라 온기가 느껴지고, 인정이 넘치는 세상 말이다. 세상의 잣대를 어디에 두고 사느냐는 온전히 자기 마음대로이지만 그래도 따뜻한 세상이 좋지 않을까.

아름다운 세상을 만들고 싶다는 생각이 조금이라도 있다면, 내 자식들이 더 좋은 세상에서 살기를 바란다면 한 사람이라도 더 동참해서 세상을 바꿔나가야 한다. 돈이 중요하지만 돈보다 중요한 것이 더 많다는 사실을 많은 이가 알고 있다.

돈으로 살 수 없는 것, 돈과는 무관한 것

스물세 살의 꽃다운 나이에 음주 운전자의 뺑소니 교통사고를 당하고, 전신 3도 화상을 입고, 40차례의 수술을 받은 이지선 씨. 그녀는 2003년 자신의 사고와 그 극복 과정을 이야기한 책 《지선아 사랑해》로 주목받았다. 그리고 15년 후, 그녀의 멈추지 않는 노력이 또 한 번 우리를 놀라게 했다. 2016년 그녀는 미국 UCLA에서 사회복지학 박사 학위를 받았다.

어린 나이에 갑작스럽게 닥친 자신의 불행을 감당하기도 어려웠을 텐데, 누구라도 그런 상황에 처하면 자포자기하게 마련인데, 그녀는 참으로 용감하게 삶을 개척해나가고 있다. 그녀의 태도와 의지는 보는 사람을 뭉클하게 만든다. 자신의 현실을 이해할 수도 없고 너무 억울해서 받아들이지 못할 법도 한데, 그녀는 자신에게 주어진 인생을 더욱 값지게 살아나가는 방법을 택한 것 같다. 그녀의 삶에 대한 태도가 너무 존경스럽다. 절망을 선택하지 않고 다시 일어서서 걷는 그녀에게서 참 많은 것을 배운다.

그녀의 삶은 돈으로 대신할 수 없다. 그녀의 용기와 성공은 돈으로 살 수 없다. 그렇다. 살면서 돈이 중요하지만 돈보다 중요한 것이 더 많다. 돈으로 많은 것을 해결할 수 있지만 돈으로 도저히 해결되지 않는 것도 많다. 돈을 위해 살아가는 사람도 많지만 돈과 무관한 이상을 추구하며 살아가는 사람도 많다.

나 역시 기막히게 인생을 역전시키는 방법 중에서 돈에 대한 범위를 벗어나지 못했다. 우선 돈이 채워져야 획기적인 인생 역전이 쉽다고 생각했다. 물론 모든 것을 돈으로 다 해결할 수 있다고 생각한 건 아니지만, 인생 전체를 놓고 보았을 때 돈을 쫓지 않아도 충분히 행복해질 수 있다는 확신은 없었다. 돈과 무관한 자연인으로 살아간다는 것은 남은 인생을 포기하는 것과 마찬가지라고 생각했다. 하지만 이지선 씨를 비롯하여 세상에는 돈과 무관한 인생 역전을 이룬 사람들이 있다는 걸 알게 되었다. 뜻하지 않은 고난, 불운을 삶에 대한 애정과 감사함으로 극복해 나아간 이들의 이야기는 성공과 인생 역전에 대해 나의 사고가 갇혀 있었음을 깨닫게 해 주었다.

햇살 좋은 휴일 오후, 한가로이 세탁기를 돌렸다. 베란다로 비치는 햇살은 따뜻했고, 강아지는 소파에 엎드려 한가롭게 개껌을 질겅질겅 씹었다. 모든 게 평화롭기만 한 순간이었다. 문득 행복하다는 생각이 들었다. 이런 것을 어떻게 돈을 주고 살 수 있겠느냐는 생각이 들었다. 너무 사소해서 무심코 지나쳤던 일상에서 삶의 철학과 행복의 노하우를 발견한 것이다. 《오늘 내가 사는 게 재미있는 이유》의 김혜남 작가의 말처럼 하나의 문이

닫히면 또 하나의 문이 열리는 법이니, 우리에게 닫힌 문은 없는 것과 같다. 또 구경선 작가의 말처럼 '내가 절망하지 않는 것만으로도 다른 누군가에게 희망을 줄 수 있기 때문'인지 모르겠다. 돈으로 해결하려고만 했다면 평생 인생 역전은 듣기 좋은 말로만 끝났을 것이다. 돈과 무관하게 성취한 인생 역전이야말로 진짜가 아닐까. 조금만 내 마음을 바꾸어도 지금과는 다르게 살 수 있다.

오가는 정이 비슷해야 관계에서도
균형을 찾고 지속적인 만남을 유지할 수 있다.
인복이 없다고 느껴질 때
내가 언제 밥을 샀는지 생각해보면
답이 나온다.

내가 먼저 좋은 사람이 되어야지

아침부터 휴대전화 벨이 요란하게 울린다. 오랜만에 늘어지게 꿀잠이나
자야겠다고 마음먹었는데, 벨 소리 때문에 오히려 평소보다 일찍 눈을
뜬다. 잠이 덜 깬 목소리로 전화를 받는다.

"여보세요?"

"오늘도 출근해야 하는데, 출근하기 너무 싫어서 전화했어."

출근하기 싫은데 내가 생각난단다. 출근하기 싫은 것과 내가 생각난다
는 말이 썩 논리적이지 않다. 그래도 불현듯 나를 생각해준 것이 고마워
서 나는 피식 웃는다.

그녀는 중견기업 마케팅팀에서 근무하고 있다. 나와 동갑인 그녀는 오
늘처럼 뜬금없는 시간에 뜬금없는 사연으로 전화하거나 무작정 나를 찾
아오곤 한다. 어디로 튈지 모르는 럭비공 같은 그녀다.

힘들수록 좋은 사람에 대한 갈증이 커진다

"나는 왜 이렇게 사람 복이 없나 몰라. 마케팅팀으로 부서를 바꾼 지 겨우 삼 개월인데, 인수인계하는 것만으로도 벅차 살이 쭉쭉 빠지고 있는데, 이 번에 새로 오신 본부장 때문에 힘들어 죽겠어. 성공하고 싶어 안달 난 것 은 알겠는데, 자기 일까지 모조리 나한테 넘기는 거야. 너 한번 엿 먹어봐 라 이러는 걸까?"

아침부터 그녀를 화나게 한 것은 인복人福, 상사 복이었다. 많고 많은 사람 중에서 자신에게 뭐라도 도움 되는 사람들은 상사이든 부하이든 어찌나 잘 피해 가고, 자신을 괴롭히고 힘들게 하는 사람들은 자석처럼 찰싹 달 라붙는지, 귀신이 조화라도 부리는 것 아니냐는 푸념이었다.

누구나 당연하게 생각하는 부분이다. 넘어져도 코가 깨지는 사람이 있는 가 하면 넘어져도 땅에 떨어진 돈을 줍는 사람이 있다. 자신의 힘으로 제 어할 수 있는 부분도 있지만 제어하기는커녕 내 일임에도 불 구경해야 할 때도 많다. 이럴 때는 아무리 머리를 쥐어짜도 해답을 찾아내기 어렵다. '그냥 사람 복 없는 내 인생'이라고 결론지어야 속이 편하다.

사회생활을 하는 사람이라면 사실 사람 문제에서 벗어나기 어렵다. 그래 서 줄타기를 잘해야 한다는 말이 나오고, 아부도 능력이라고 하는 것이리 라. 직장인들도 인복을 갈망하지만, 사업하는 사람은 더욱더 갈망한다. 인

복 한 번이 회사의 운명을 바꿔놓을 수도 있다면 당연히 절절맬 수밖에 없지 않을까. 위기 상황에서 어떤 이가 뜻밖의 동아줄로 변하기도 한다.

인복이 부족하다고 자기 스스로를 규정하는 사람들이 있다. 타고날 때부터 복이 없었다느니, 과연 귀인이라는 존재가 세상에 있기는 하냐느니 말한다. 그런 기적 같은 행운의 인물이 굳이 나를 찾아오겠느냐며 애써 태연한 척하지만, 내심 인복 없는 자신에 대한 쓸쓸함이 쉽게 가시지 않는다.

인복, 아무에게나 생기지 않는다

귀인은 아무나 만날 수 없는 것일까? 인복은 타고나는 것일까? 스스로의 갈망과 노력으로는 도저히 바뀌지 않는 것일까? 쉽게 풀 수 없는 의문이다. 동양철학과 서양철학을 조금이나마 공부해본 나로서는 동서양의 학문이 서로 대립적인 부분도 있지만 공통되는 부분도 많음을 안다. 그래서 중립적인 태도를 가질 때가 많다. 삶과 생활이 자로 잰 듯 공식처럼 흘러가는 것도 아니고, 처음부터 모든 게 결정된 방향으로 흐르는 것도 아니지 않은가. 일정 부분 타고난 것부모, 집안 환경, 가풍 등이 결정되지 않은 것성격, 재능, 직업, 태도 등에 영향을 미칠 수 있고, 또는 결정되지 않은 것이 결정된 것에 영향을 주는 경우도 있다. 그렇다 보니 경우의 수가 다양하다고 보는 것이다. 인복이나 귀인 역시 마찬가지다.

인복은 어떻게 생기는가 하는 질문을 받으면 나는 "아무에게나 오지 않는다"라고 말한다. 인복은 타고나는 부분도 있지만, 개인의 노력에 따라서 나중에 생기기도 한다. 차근차근 덕을 쌓아가면 없던 인복도 생길 수 있다. 여기서 우리도 모르게 단단히 굳어버린 인복에 대한 오해에 대해서 세 가지만 말하고자 한다.

첫째, 사주명리학적 관점에서 인복이라는 것은 공부, 문서, 엄마, 귀인인복

등을 나타내는 것으로 육친六親, 십신十神이라고도 하며, '인성印星'이 온전하게 자기 자리에 있을 때를 말한다. 사주명리학은 태어난 연월일시를 여덟 글자로 치환하여 사람 인생의 길흉을 파악하는 학문이다. 이 학문에서는 '인성'이 충冲, 파破로 인해 파손되지 않고 원활한 기능을 하면 인복이 좋다고 본다. 즉, 자기 스스로 아무런 노력을 하지 않더라도 태어날 때 결정되는 것이다.

그렇다면 자신의 사주에 인복을 뜻하는 '인성'이 없거나, 있어도 충·파로 파손되었다면, 아무리 노력하더라도 평생 인복 없는 사람으로 살아가야 하는 것일까? 전혀 그렇지 않다. 우리의 삶은 타고난 것에 전적으로 좌우되지 않는다. 인복이나 귀인은 타고나야만 누릴 수 있는 것도 아니다. 스스로가 주변 사람들과 어떤 마음으로 교류하고 신뢰적 관계를 쌓아가느냐에 따라서 충분히 달라질 수 있다. 나 역시 타고난 인복은 부족하지만 현실생활 속에서의 인복은 좋은 편이다. 주변 사람들에게서 인복 있다는 소리도 자주 듣는다. 어려움이 닥칠 때마다 주변의 도움으로 무사히 넘긴 게 한두 번이 아니다. 인복이란 타고나는 것도 중요하지만 내가 상대방에게 기울이는 관심과 정성의 정도에 따라 달라질 수 있다. 한 사람 한 사람 좋은 관계를 만들고 정성을 다하면 충분히 서로에게 귀인이 될 수 있다.

둘째, 왜 인복을 논할 때는 스스로 수동적인 입장을 취하는지 모르겠다. 우리 속담에 '가는 정이 있어야 오는 정이 있다'고 하지 않던가. 인복은 받기만 하는 것이 아니다. 주는 것도 없는데 언제까지 받기만 할 수 있을까. 친구를 만나도 매번 나만 술 사고 밥 사면 그 친구를 어떻게 계속 만나겠는가. 오가는 정이 비슷해야 관계에서도 균형을 찾고 지속적인 만남을 유지할 수 있다. 인복이 없다고 느껴질 때 내가 언제 밥을 샀는지 생각해보면 답이 나온다.

셋째, 인복을 타고난 사람은 죽을 때까지 좋다? 물론 타고나지 않은 사람보다 수월할 수 있다. 그러나 평생 지속적이라는 것은 확신할 수 없다. 좋은 인연이 다가와도 잘 관리하지 못하면 인연이 끊어지고, 서먹하게 시작된 인연도 잘 관리하면 찰떡 인연이 될 수 있다. 스스로 사람이 귀하다는 사실을 알고 어떻게 가꾸느냐에 따라 최고의 인연이 될 수도, 최악의 인연이 될 수도 있다. 인복이 없다고 한탄만 하는 사람에게 누가 다가올 것이며, 누가 도와주려 하겠는가. 내가 사람들에게 받고 싶은 대우를 먼저 해주면 다행스럽게도 언젠가는 부메랑처럼 되돌아온다.

자신의 삶을 운명이라는 그릇된 믿음으로 방치하지 않았으면 좋겠다. 스스로 타인에게 귀인이 되지 않으면서 타인이 나에게 귀인 또는 인복이 되어주기를 바라는 건 욕심이다. 사주명리학을 공부한 사람들조차 일방적인 인복 혹은 귀인을 찾으려 하는 것을 보면 정말 안타깝다. 명리학은 남의 인생을 왈가왈부하기 전에 자신의 인생을 알아가기 위해 마음으로 배우는 학문이다.

학문의 이치와 핵심이 현실에서 벗어나 겉돈다면 배움에 대한 의미가 줄어들 것이다. 타인의 운명을 점치는 시간보다 자신의 인생을 성찰하는 것이 진짜 공부다. 그러니 몇 곱절 더 많은 시간을 투자하며 고민해야 한다. '왜 나는 인복이 부족할까?' 하는 한탄에 앞서 '어떻게 나는 타인한테 좋은 귀인이 될 것인가?'를 먼저 생각해야 한다.

사람 또한 사랑하는 마음이 커질수록 헌신한다.
사람에게는 사랑하는 사람을 위해
불가능한 일도 가능하게 만드는 힘이 있다.

사랑하는 사람 생각하기

"십 년 만에 빚을 다 갚으니까 십 년 묵은 체증이 떨어져 나간 것처럼 개운하더군요."

개그맨 이봉원의 말이다. 그는 방송에서 자신이 오랜 기간 빚을 갚아오고 있었음을 털어놓았다. 잘나가는 개그맨이었지만 사업을 시작하고 여덟 번이나 실패를 거듭했다. 점점 불어나는 빚더미에 숨이 막히고 벼랑 끝에 선 기분이었단다. 그렇게 힘든 세월을 10년 보내고 나서야 겨우 숨 쉬는 게 편안해졌단다. 하루 두 시간을 자고 일해도 힘들지 않다는 그는 예능 프로그램에 출연했고 자신의 음반도 냈고 사극 드라마 배역도 맡았으며, 한식조리기능사 실기시험에도 합격했다. 몸이 열 개라도 부족하지만, 힘겨운 세월을 버텨냈더니 새로운 기회가 왔다며 감사해했다. 10년의 세월 동안 매달 500만 원이 넘는 이자 갚느라, 10억 원의 원금을 갚느라 탈진하고도 남았을 텐데, 그는 다시 청춘이 된 것처럼 힘을 내어 매일을 살아내고 있다. 인생을 재출발하는 듯한 그의 모습이 무척 인상적이다.

한계를 넘는다는 것은

누구라도 그와 같은 상황을 맞닥뜨리면 도저히 넘을 수 없는 벽이라며 절망할 수 있다. 아무리 노력해도 자신의 능력 밖이라며 포기할 수도 있다. 위협적인 상황은 순식간에 불어나는 바닷물 같다. 아무리 발버둥을 치고 소리쳐봐도 사방은 시퍼렇게 차가운 바닷물뿐이다.

한계에 부딪힌 것처럼 느껴질 때가 있다. 공부에서도, 일에서도, 사랑과 이별에서도, 인간관계에서도 벽에 부딪혀 도저히 방법이 없다고 느끼는 것이다. 살아가는 동안 누구나 한 번쯤은 한계에 대하여 고민한다. 한계에 직면했을 때 누구는 슬기로운 대처법을 찾기도 하고, 또는 강력한 내재적 힘으로 돌파하기도 한다. 반대로 트라우마적 증상을 일으키는 경우도 있다. 생각해보자. 나는 어디에 속하는가.

누구나 심정적으로는 자신이 한계를 극복하는 사람이기를 바란다. 실제로 우리 주변에는 인간의 한계를 극복하는 초인적인 힘을 발휘하는 사람들이 있다. 에베레스트 같은 험난한 산을 정복한 산악인, 최단 기록을 경신하며 42.195킬로미터를 달리는 마라토너, 철인3종 경기의 우승자들은 보통 사람이 아니지 싶다. 이들을 보자면 스스로에 대해 반성하는 마음이 든다. 한계를 뛰어넘고자 하는 노력보다는, 좀 더 쉽고 빠른 길을 통해 욕망을 충족하고자 하는 얄팍한 생각이 더 많지 않았는가 하는 반성이다.

운명을 한 방에 뒤집고 싶다고만 생각했지, 스스로 한계를 넘어야 한다는
각오 같은 것은 애초부터 없었던 듯싶다.

한계라고 생각되는 것들을 몇 번이고 넘어설 때
그제야 인생을 멋지게 역전시킬 수 있다.

이러한 생각으로 중심을 잡아야 할 것 같다.

한계를 뛰어넘은 사람들도 그것이 쉬웠을 리 없다. 매일 부닥치는 한계에
죽을힘을 다해 버텼을지 모른다. 그렇게 버티다 보니 자신도 모르게 내성
이 생기고 1년, 5년이 흐르면서 점차 강해졌을 것이다. 지난 세월을 돌아
보면 얼마나 아련할까. 하루하루를 버텨내느라 얼마나 힘겨웠을까. 이들
이야말로 자신의 인생을 자기 힘으로 역전시킨 사람들이다.

호박벌의 비밀을 우리도 가지고 있다

성공과 실패는 종이 한 장 차이일 뿐이라고 말한다. 그런데 종이 한 장 차이 때문에 성공과 실패가 엇갈린다. 위대한 업적이 이루어지며, 찬란한 인류 역사가 발전하고, 문명이 사라지기도 한다. 종이 한 장의 차이는 이토록 위력적이다.

강한 의지와 신념은 과학을 뛰어넘는 신비한 능력을 만든다. 호박벌은 2.5센티미터의 체구로 일주일에 1,600킬로미터를 날아다닌다. 이곳저곳 가릴 것 없이 꿀을 모으기 위해 그 한 몸 바치는 것이다. 호박벌의 몸은 매우 크고 뚱뚱한데다 가벼워서 공기역학적으로 날기는커녕 떠있는 것조차 불가능하다고 한다. 그래서 호박벌의 1,600킬로미터의 비행은 과학적으로는 도저히 증명하기 힘들다고 한다.

그 먼 거리를 날아다닐 수 있는 힘은 어디에서 나온 것일까? 생물학자들은 말한다. 호박벌에게는 비밀이 있다고 말이다. 호박벌은 가족과 동료들에 대한 책임감으로 오랜 비행을 할 수 있다는 것이다. 신비한 자연 현상으로 이해하기엔 풀리지 않는 의문의 답은 가족과 동료들에 대한 사랑, 헌신의 마음이었다. 한낱 미물에 지나지 않는다고만 생각하기엔 너무 대단한 생명체이다.

"스스로를 믿는다는 것이 이렇게 힘든 일인지 몰랐어요."

"나를 믿어주는 사람이 한 명이라도 있었다면 그렇게 처참하게 무너지진 않았을 거예요."

"내 곁에는 아무도 없었어요. 오로지 혼자였으니까요."

한계 앞에서 무너지는 사람이 얼마나 많은가. 이들에게 간절한 건 나를 믿어주는 단 한 사람이었다.

"너는 뭐든지 할 수 있어, 할머니는 늘 너를 믿거든."

"혼자서 다 감당하려고 하지 마. 네 뒤에는 늘 내가 있잖아. 알지?"

"넘어지고 또 넘어지고, 또 넘어져봐야 안 넘어지는 방법을 배운단다. 넘어지는 것이 일상이 되면 충격도 덜하거든. 별거 아니니 겁낼 필요 없어. 머지않아 넘어지지 않고도 잘할 수 있을 거야."

그렇다. 호박벌의 비밀을 당연히 사람도 가지고 있다. 하지만 우리는 아주 가끔씩 호박벌보다 월등히 좋은 능력을 가진 존재라는 사실을 잊고 사는 것 같다. 대체 무엇을 위해 성공해야 하고, 돈을 많이 벌어야 하고, 좋은 집과 좋은 차가 필요한지 새까맣게 잊은 채, 그저 목표만을 향해서 달리는 맹수 같다. 문득문득 자신을 인식하기도 하지만 하루 지나면 언제 그랬냐는 듯 또다시 자신의 가치를 놓치고 산다. 놓치고 사는 시간이 많은 사람일수록 돈과 권력과 명성이 드높지만, 그 높이만큼의 빛은 나지 않는다. 탑이 빛을 잃고 높아질수록 공허한 마음도 높아져만 간다.

호박벌이 그렇듯 사람 또한 사랑하는 마음이 클수록 헌신한다. 호박벌이 과학적으로 증명할 수 없는 비행이 가능하듯 사람에게는 사랑하는 사람을 위해 불가능한 일도 가능하게 만드는 힘이 있다. 혼자만을 위해서는 어림도 없던 것이 함께하는 누군가를 위해서는 가능하다. 혼자만을 위한 인생 역전, 나만을 위한 인생 역전이 아니라 사랑하는 사람을 위한 인생 역전이 충분히 가능하다.

천천히
함께 걷기에

PART 3

"연애든 결혼이든 늦는다고 대수겠어? 네 마음이 요동쳐서, 그
사람이 너무 보고 싶고, 함께 있고 싶어서 잠시도 견디지 못할
때 하면 좋을 것 같아. 지금도 늦지 않았어. 일 년 뒤, 삼 년 뒤
라도 늦지 않아. 네가 하고 싶을 때가 가장 좋은 때니까."

우리의 오늘은
선물입니다

혼자만의 시간. 그 힘은 무엇일까? 무엇보다 사색이다.
자신의 내면을 깊숙하게 들여다보면 솔직한 자신의 감정을 찾을 수 있다.

'혼자 공포증'에서 탈출하기

주변인에게 성공한 사람으로 알려진 K씨를 만났다. 대기업 신입 사원으로 입사해서 그룹 부사장이 되었고 승진 가도를 달리는 그는 인지도 역시 좋은 편이다. 아주 가끔 K씨는 내게 전화를 하는데, 그때마다 회사 부근에서 간단히 커피 한잔 마시고 헤어지곤 했다. K씨가 내게 꾸준히 연락하는 것은 내가 동양학 공부를 하고 나면서부터이다. 동양학의 다양한 분야 중에서도 관상학과 명리학에 대해 K씨는 관심이 참 많다.

"마음이 너무 답답해. 여전히 할 일은 많은데 의욕이 나지 않아. 꽉 막힌 길 위에 선 기분이랄까. 내가 요즘 슬럼프인가 봐. 혹시 사주에 이런 것도 나오니?"

만날라치면 K씨는 독백하듯 중얼거린다. 내가 앞에 있어도 자기가 묻고 자기가 답하곤 한다. 그리고 말끝에 늘 그렇듯 "사주에 나오니?" 하고 덧붙인다.

풍요 속에서도 뼈저리게 느껴지는 빈곤한 마음

K씨를 만날 때마다 뭔가에 쫓기는 듯한 모습을 본다. 일에 쫓기고 사람에 쫓기고 계획에 쫓기고 성과에 쫓기고 가족에게 쫓기며 사는 그의 모습은 강산이 변할 만한 시간이 흘렀는데도 여전하다. 변한 것이라고는 높아진 직급과 하얗게 변해버린 머리카락뿐이다.

"다들 내가 당연히 뭐든지 잘해낼 것이라고 생각해. 집에서도, 회사에서도…… 물론 내가 일 욕심이 있는 건 맞아. 하지만 너무 쫓기며 살다 보니 여유가 없어. 머리가 터질 것 같아. 내가 왜 이렇게 살아야 하나 싶어."

주변의 많은 사람이 K씨를 부러워했다. 말단 사원으로 시작해서 그룹 부사장까지 오른 그를 만나고 싶어 하는 사람도 많았다. 유능하고 카리스마 넘친다는 등 칭찬 일색의 평가를 받았다. 그러나 나날이 성공가도를 달리며 외향적으로 점점 더 화려해짐에도 K씨의 진짜 속마음은 찌들어가고 있었다. 어쩌면 주변 사람들의 기대가 K씨를 더욱 지치게 했는지도 모른다. 나약한 자신의 모습을 보여주고 싶지 않아 위장해야 하고, 약점이 되지나 않을까 고민해야 하며, 진솔한 모습보다는 보여지는 모습에 신경 쓰고 살아야 하니까.

이런 생활의 연속이라면 그 누구라도 견뎌내기 어렵지 않을까? 매일매일

나를 돌아볼 새도 없이 해야 할 일에 급급해서 살아야 하는 건 그렇게 호락호락한 일은 아니다.

"회사나 집에 솔직하게 마음을 털어놓고 일을 조정해보면 어떨까? 훌훌 털고 휴식을 취하면 훨씬 기분이 나아질 거야."
"누구의 시선도 없는 곳에서 아무것도 하지 않고 나 홀로 한 달만 있을 수 있다면 참 좋겠어."
"그렇게 해봐. 지금까지 너무 앞만 보고 달려왔잖아. 잠깐이라도 쉬어가는 시간이 필요해."
"하지만 그렇게 해본 적이 없어서…… 어떻게 해야 할지 모르겠어. 내가 혼자 있고 싶다고 하면 다들 깜짝 놀라고, 실망할지도 몰라."

K씨는 혼자 있는 시간을 잘 보낼 수 있을지를 두려워했고, 가족과 회사의 반응을 걱정했다. 끝내 '나 홀로 쉼'을 결정하지 못하고 집으로 돌아가는 K씨의 어깨는 축 처져 있었다. 그의 모습에 마음이 짠해졌다.

진짜 나를 만들어가는 힘, '혼자만의 시간'

K씨와 헤어져 돌아오면서 나는 '혼자만의 시간'에 대해 생각했다. 성공하기 위해서는 열정적으로, 미친 듯이 노력해야 한다든지 그렇게 해야만 꿈을 이루고 행복해질 수 있다는 것은 성공과 행복을 이야기할 때 흔히 하는 말이다. 많은 이가 이 말을 진리로 믿는다. 그래서 그렇게 살고자 노력하고, 그렇게 살지 못할 때 자책한다.

자신의 꿈을 위해 열정을 쏟는 건 중요하다. 하지만 최선을 다하는 과정 속에서도 잠깐 쉬어가는 시간은 필요하다. 온전히 자신에게 집중하며 지나온 시간과 현재의 나를 바라보고, 미래의 나를 그려보는 혼자만의 시간. 그 시간을 통해 우리는 정신적·육체적 쉼을 얻을 뿐 아니라, 진정 내가 원하는 삶에 대해서도 생각할 수 있다. 많은 이가 인생을 장거리 마라톤에 비유한다. 그러나 사람은 기계가 아니기에 그 긴 길을 맹목적으로 달리기만 할 수는 없다.

'혼자'라는 것을 두려워하거나 부정적으로 인식하는 사람들이 있다. 세상에 덩그러니 나 혼자인 것 같은 외로움은 병원 약 처방으로도 해결하기 어렵다. "혼자 있고 싶어" 하는 말을 들은 상대방은 그 사람에게 자신이 쓸모없는 존재가 아닌지 고민하고 힘들어한다. 내가 혼자인 것을 큰 문제

인 양 생각하거나, 누군가를 홀로 두지 못하는 건 모두 인간의 나약함을
보여주는 것이기도 하다.

사람은 사회적 동물이기에 본능적으로 혼자 있는 시간이 많아지는 걸 반
기지 않는다. 하지만 나 자신을 돌아보고 에너지를 재충전하기 위해 혼자
만의 시간을 잘 활용할 줄 알아야 한다. 심리상담센터를 운영하는 박은경
소장은 저서 《혼자 견디는 나를 위해》에서 혼자만의 사색을 통해 긍정 에
너지를 만들 것을 제시한다. 혼자 보내는 시간 안에서 스스로 다시 시작
할 힘을 만들 수 있으니, 인생의 차이는 결국 혼자 있는 시간에 달렸다고
말한다. '혼자만의 힘'이 긍정적으로 발산할 수 있음을 강조한다.
그녀의 말처럼 우리는 '혼자 공포증'에서 벗어나 이를 즐길 필요가 있다.
기성세대인 나 역시 혼자 밥 먹고, 혼자 여행하고, 혼자 영화 보기를 꺼리
는데 때때로 두렵기까지 하다. 혼자만의 시간을 긍정적으로 즐기는 법을
제대로 배운 적도 없으며, 배울 생각을 해본 적도 없다. '혼밥족', '혼술족'
이 범람하는 지금 이 시대를 살아가는 사람들에게 혼자서 잘 지내고, 나
아가 충분히 즐길 방법을 배울 곳이 정말로 필요한데, 아직은 문화적 현
상을 사회적인 장치가 못 따라가는 실정이다.

혼자만의 시간, 그 힘은 무엇일까? 무엇보다 사색이다.

자신의 내면을
깊숙하게 들여다보면
솔직한 자신의 감정을
찾을 수 있다.

이것이 진정한 나의 에너지이며, 진짜 나를 만들어가는 과정이다. 지금의 내 모습이 마음에 들지 않을 수 있지만 사실 그것은 나의 무의식에서부터 시작되었고, 매 순간 벌어지는 일들에 따라 영향을 받는다. 즉, 우리는 온전한 나를 바라보며 살지 못하고 있는 것이다.

혼자만의 시간은 어떤 편견 없이 자신을 바라보고 인생을 되돌아보는 능력을 키우는 데 큰 역할을 한다. 아무리 고민해도 찾지 못했던 문제의 답을 사색을 통해 찾을 수 있고, 다른 사람과 함께 있을 때는 보이지 않던 것이 혼자 있을 때 보이는 경우도 있다. 앞만 보고 달리던 목표 방향을 바꾸어 그간 걸어온 시간을 뒤돌아보니 소소한 것들까지 확대경을 댄 듯 훤하게 보인다. 확대경 속에 비춰진 나 자신을 돌아보는 시간을 통해 그동안 간과했던 '참된 나'의 존재도 찾을 수 있다. 그렇기에 우리에게는 혼자만의 시간이 필요하다. 나 자신은 물론 내 곁의 사람들에게도 혼자만의 시간을 갖도록 배려해주어야 한다.

나 홀로 외로움을 견딜 수 없다면 사람들 속으로 파고들어야 하고, 혼자만의 시간을 통해 얻을 수 있는 자아성찰 에너지를 포기해야 한다. 누구에게는 너무 쉽지만, 누구에게는 쉽지 않은 선택이 될 것이다. 정답도 강요도 없으니, 스스로 어떤 선택을 하든 그것은 자신의 몫이다. 이미 그렇게 살아왔던 것처럼!

그 사람이 늙어가는 모습, 내가 늙어가는 모습을 상상해보자.
그리고 나의 모습을 그에게 보여줄 수 있는지,
그의 모습을 내가 귀히 봐줄 수 있는지 생각해보자.
그것이 된다면 서로에게 귀인이다.

좋은 것을 주고받는 인연 만들기

"언니, 나 결혼 못할 것 같아. 최근에 내린 결론인데 나한테 연애는 잘 맞지 않아. 결혼은 꿈도 못 꾸겠어. 지금처럼 외롭게 늙어가겠지?"
"설마!"
봄인지 여름인지 구분하기 어려울 정도로 후덥지근한 날, 오랜만에 만난 후배는 커피숍 자리에 앉자마자 날씨보다 후덥지근한 얼굴을 하고 연애 이야기를 꺼낸다. 씩씩하게만 보이던 후배가 사랑도 연애도 너무 힘들다고 투정을 부린다. 외롭게 나이 들어가는 것이 너무 싫어 연애하면 나아지겠거니 했지만, 원만하게 잘 통하는 사람을 찾는 것은 하늘의 별 따기란다.

후배와 나는 10년을 넘게 만났다. 우리는 여러 측면에서 달라도 너무 달랐지만 한번 만나면 양적으로나, 질적으로나 충분히 서로가 만족할 만한 대화를 나눴다. 아무런 거리낌 없이 솔직한 마음을 내비쳤고, 상대가 나를 어떻게 생각할까 하는 따위는 묻지도 따지지도 않았다. 하고 싶은 말은 거침없이 내뱉고, 궁금한 이야기는 곧이곧대로 물었다. 그래서 대화가 길어지기 일쑤였다. 그렇게 진짜 속마음을 줄기차게 쏟아내고 나면 몸도 마음도 가벼워지는 느낌이 든다.

내 인생을 구원해줄 사람은 어디에?

"뭐가 부족한 걸까? 왜 이리도 지지리 궁상맞게 연애가 힘들까. 내가 만나는 사람은 왜 이렇게 별난 거냐고? 대체 괜찮은 사람들은 다 어디 간 거야! 내가 대단한 사람을 찾는 것도 아니고, 그저 마음 맞고 대화 통하는 사람 찾는 거잖아. 안 그래, 언니?"

겪어본 사람만이 알 수 있는 마음이고 투정이다. 나 역시 10년 넘도록 후배와 똑같은 고민에 휩싸여 허우적거리고 나서야 연애다운 연애를 할 수 있었다. 참 어렵게 만난 인연이었다. 남들은 그렇게 보이지 않는다고들 하지만 어렵게, 참 힘들게 연애하고 결혼했다. 평생 결혼 못 할 수도 있다는 공포감에 한동안 시달렸다. 스스로 문제가 많은 사람이라는 자괴감으로 심리 상담도 받았다.

'남들 다하는 연애, 참 쉬워 보이는 결혼이 왜 나만 이렇게 힘들까, 나만 그런가! 왜 나만 외롭게 지내야 하나!'

뻗치는 원망스러움으로 밤잠을 설친 때가 한두 번이 아니었다.

"정말 연애하고 싶어요. 주변에서 나만 애인이 없는 것 같아요."

"사실 지금 만나는 사람이 만족스럽지 않아 고민이에요. 좀 더 괜찮은 사람이 생겼으면 좋겠어요."

좋은 사람을 만나는 것, 혹은 귀인이라고 생각되는 사람이 곁에 있다는 것은 보이지 않는 든든한 배경을 가진 것만큼이나 좋다. 일상을 좋은 사람과 함께함으로써 행복의 품질이 달라지고, 하루의 만족도가 확연하게 차이가 난다. 그러니 좋은 사람에 대한 갈증을 풀려고 노력하는 것 아닌가. 이런 해갈의 노력 중에서 가장 우선적으로 꼽히는 일이 평생의 동반자를 찾는 것이다. 어떤 사람과 평생을 함께하느냐가 인생 전반의 행불행을 좌우할 수 있기 때문이다.

그러나 내 눈에 차는 멋진 상대방을 만나기란 쉽지 않다. 나이가 들수록 한눈에 반해서 강렬한 연애를 시작하는 것은 어려워진다. 지금 만나는 사람에게 불만이 많지만, 더 매력적이고 괜찮은 사람이 나타날 거라는 확신이 없으니 헤어지는 것도 두렵다. 만약 이런 상황에 놓였다면 당신은 어떻게 할 것인가? 연애를 계속할 것인가, 중단할 것인가? 선택의 기로에 서 있다면 어떤 결정을 내릴 것인가?

시대가 발전하고 여성의 사회적 참여가 증가될수록, 나이가 들어갈수록, 학력이 높아갈수록, 연애에 대한 경험이 많아질수록 연애가 점점 더 어렵다고 말한다. 내가 생각하는 상대방에 대한 기대 수준이 만만치 않게 올라가기 때문이다. 외롭지 않으려고 싱글 탈출을 꿈꾸지만 탈출을 시도할수록 상대방에게 바라는 기대치는 계속 높아만 간다. 그렇다고 높게 쌓아

올린 기대치를 함부로 무너뜨릴 수도 없다. 아무나 만날 수 없다고, 눈높이도 다른 사람 만나려고 지금까지 버틴 것은 아니라고 항변한다. 팽팽한 연줄 끝의 연처럼 기대치는 저 높은 허공에서 맴돌며 좀처럼 내려올 생각을 하지 않는다. 그래서 이 시대의 많은 사람이 아이러니하게도 외로움이 높아질수록 연애로부터 멀어진다. 그야말로 원치 않는 싱글의 전성시대이다.

사람은 넘쳐나는데
정작 내 사람
한 명이 없다.

함께 늙어가는 사람이 진짜 귀인

정답 없는 주제로 대화할 때는 자유로워서 좋지만 결론을 내지 못한다는 아쉬움도 있다. 사랑과 결혼에 대한 주제는 얼핏 쉬운 것 같지만 어려운 부분이 더 많다. 후련하게 손뼉 치며 "결론은 이거잖아!"라고 말하기가 참 어렵다. 상황과 사람에 따라서 인식과 감성이 천차만별일 수 있다는 가변성 때문이다. 남의 애정사에 함부로 감 놔라 배 놔라 하는 것은 위험하고도 미숙한 태도이다. 그래서 말조심을 해야 한다. 늘 살얼음판을 걷는 것처럼 조심성으로 무장해도 아차, 하는 말실수로 불 난 집 기름 부으러 온 꼴로 순식간에 전락한다.

연애와 결혼으로 고민이 많은 사람에게 여성들의 멘토 역할을 톡톡히 하고 있는 원로 영화배우 엄앵란은 "보여주기 위한 결혼식은 패가망신의 지름길이다. 자신을 위해 살아라. 상대방을 소유하는 것이 아니라 서로의 소중한 사람으로 함께하는 것이다. 같이 늙어가는 것이다"라고 강조하였다. 스타 커플로 50년 넘는 결혼생활을 통해 파란만장한 인생을 보낸 그녀의 충고라서 그런지, 연애와 결혼에 대해 참 많은 생각을 안겨준다.

나 역시 늦은 나이가 되어서야 깨달은 사실 중 하나가 연애와 결혼이 빠르다고 좋은 것만은 아니라는 거다. 자신에게 찾아오는 연애 나이가 있고,

각자의 시기에 적합한 결혼이 있는데, 되레 주위에서 연애도 시작하지 못한 판에 결혼하라고 성화를 부린다. 당사자의 마음만 조급해진다.

만남에도 시행착오가 필요하다. 이별도 연습이 필요하다. 만남에서 이별까지의 과정 속에서 생기는 오묘한 사건들은 소중한 인연을 찾기 위해 반드시 거쳐야 하는 것들이다. 시행착오를 겪는 건 힘들지만 그 덕분에 진정한 사랑을 찾게 될지, 우여곡절 다 겪은 덕분에 몇 갑절 더 안정적인 결혼생활을 하게 될지는 아무도 모른다.

결혼이란 100미터 달리기처럼 무작정 빨라야 좋은 건 아니다. 그래서 남들 다한다고 서두를 필요도, 나이에 쫓겨서 밀린 숙제하듯이 해치울 필요도 없다. 연애와 결혼이 찾아오지 않는다고 스트레스를 받을 필요가 전혀 없다.

남들 눈을 의식해서 혹은 나이 들어 홀로 늙기 싫다는 생각에서 비롯된 연애와 결혼은 실패할 가능성이 높다. 조건이 맞고 결혼 동기가 명확해도 사랑과 믿음이 없다면 행복을 담보할 수 없다. 무엇보다 사랑과 결혼은 이벤트가 아니라 일상이고 생활이고 인생이다.

누가 봐도 멋진 백마 탄 왕자, 울보 평강을 찾아 여기저기 헤맬 필요가 없다. 하늘에서 뚝 떨어진 완벽한 귀인을 찾는 것은 현실적으로 불가능하다.

사실, 누가 나의 귀인인지를 단번에 알아챈다는 건 너무나 동화적이다. 미래의 일은 아무도 모른다. 남들의 부러움을 사면서 결혼했다고 영원히 행복하다 장담할 수 없다. 그런 결혼을 왜 하냐는 질타를 받았어도 너무나 잘 사는 부부가 될 수 있다. 인연이란 서로의 노력 속에서 익어가는 것이지, 하늘이 툭 던져주는 뜬금없는 선물이 아니다.

그럼에도 '내 사람'을 찾는 비결이 궁금하다면 이 방법을 추천한다. 그 사람이 늙어가는 모습, 내가 늙어가는 모습을 상상해보자. 그리고 나의 모습을 그에게 보여줄 수 있는지, 그의 모습을 내가 귀히 봐줄 수 있는지 생각해보자. 그것이 된다면 서로에게 귀인이다. 아무리 나에게 도움이 되고 수많은 혜택을 주더라도 오래갈 수 없다면 스쳐가는 인연일 뿐이다.

좋은 사람과 오랫동안 함께하는 일만큼 중요한 건 없다. 보고 싶을 때 볼 수 없는 사람이 어떻게 귀인이 될까. 서로의 삶을 함께 나누지 않는 사람이 어떻게 소중한 사람이 될까. 세월의 흔적을 따라 늙어가면서 많은 순간을 함께한 사람이 진정한 내 사람이라고 나는 생각한다.

한 발짝도 나아갈 수 없는 위기 상황이라면 내 사람의 존재는 더욱 절실하다. 혼자 이겨내기 힘들어도 함께라면 충분히 감당할 일이 많지 않은가! 서민 갑부로 인정받는 사람들의 사연을 듣다 보면, 대부분 혼자가 아니라 옆 사람, 그러니까 아내나 남편 혹은 가족 덕분에 가능했다고 말한다. 사랑의 힘이 증명되는 순간이다. 가족의 위대함을 다시 한 번 확인하는 말이기도 하다.

폭포수 같은 후배의 걱정에 뻔한 위로를 하고 싶지 않아 차마 건네지 못한 말을 귀갓길에 혼자 읊조려본다.
"연애든 결혼이든 늦는다고 대수겠어? 네 마음이 요동쳐서, 그 사람이 너무 보고 싶고, 함께 있고 싶어서 잠시도 견디지 못할 때 하면 좋을 것 같아. 지금도 늦지 않았어. 일 년 뒤, 삼 년 뒤라도 늦지 않아. 네가 하고 싶을 때가 가장 좋은 때니까."

분노하느라 행복을 망치고 싶지 않다.
분노를 못 이겨 파괴되는
나와 상대의 모습을 정말 보고 싶지 않다.
아름다운 인생이니까, 단 한 번뿐인 인생이니까!

분노가 춤추는 대로 움직이지 않는다면

연신 뉴스에 오르내리는 비리·부정·부패·빈부 격차는 삶의 의욕을 사라지게 하고, 개인의 소박한 희망마저 짓밟는다. 안정과 평온함은 사라지고 불안, 공포, 분노를 가슴속에 쌓아두고 사는 사람이 점점 많아지고 있다. 그래서일까. 우리 사회는 타인에 대한 예절과 매너가 부족하지 싶다. 타인을 배려하기보다는 그저 피해받고 싶지 않다는 개인주의 성향이 팽배하고 있다. 몇몇 개인이 아니라 다수의 문제이기에 더 걱정스럽다.

방송과 신문에 오르내리는 뉴스 중 사소한 일에 흥분을 참지 못해 발생한 사건이 많다. 생긴 것이 마음에 들지 않는다는 이유로 같은 반 친구를 왕따시킨 사건, 자신의 말을 끝까지 듣지 않고 중간에 잘랐다는 이유로 직원에게 난동을 부렸다는 진상 고객 사건, 복잡한 거리에서 몸을 밀치고도 사과 없이 지나갔다는 이유로 상대방을 무차별하게 폭행한 사건 등등이 연신 언론보도를 채우고 있다. 특정 연예인에 대한 분노의 댓글로 법정까지 가는 일은 이미 일상이 된 듯싶다.

누구를 위한 분노인가

저녁 강의가 있어 공교롭게도 직장인들이 퇴근하는 복잡한 시간에 1호선 지하철을 타게 되었다. 다른 노선도 그렇겠지만, 출퇴근 시간대의 1호선 지하철은 정말 엄청 혼잡하다. 사람들의 종종걸음을 따라 나도 간신히 지하철에 탑승했다. 전동차 안은 사람들로 넘쳐났다. 옴짝달싹할 수 없는 지하철 안에서 사람들은 괜한 오해를 사지 않으려는 듯 두 손을 몸에 꼭 붙이고 앞만 응시했다. 모두 그렇게 목적지에 도착할 때까지 '동작 그만'을 하려고 작정한 것 같았다. 그때 갑자가 성난 여자의 외침이 들렸다.

"뭐 하는 거예요? 가방이 사람을 찌르잖아요. 아, 정말 짜증나!"

"내가 일부러 그랬어요? 사람이 많으니 밀려서 그러는 건데 왜 소리를 질러요?"

"아니, 사람을 불편하게 했으면 미안하다고 해야지, 적반하장이네? 뻔뻔하게!"

"뭐라고? 당신이 이 지하철 전세 냈어? 뭐 이런 여자가 다 있어. 미친 거 아냐!"

비좁고 복잡한 지하철 안에서 두 여자의 앙칼진 말다툼이 벌어졌다. 상대방이 한마디할 때마다 짜증이 더해져서 싸움이 쉽게 끝날 것 같지 않았다. 격해지는 말투와 서로에 대한 비난은 같은 칸에 탄 모든 사람이 들을 수 있을 정도로 커졌다. 지하철 속도보다 두 사람의 분노 증폭 속도가 더 빠른 듯했다. 숨 막힐 정도로 답답한 지하철 안에서 굳이 싸워야 할까 라는 마음과 함께, 저렇게 싸우면 분노가 풀릴까 하는 의문이 들었다.

두 사람의 모습을 보다가 문득 언론을 화려하게 장식했던 연예인 A씨의 사연이 떠올랐다. 그의 평탄치 못한 집안 사연이 우연치 않게 언론에 공개되면서 사람들의 입방아에 오르내렸다. 명백히 그의 잘못이 없을 뿐 아니라 대중과 아무 관련이 없는 지극히 개인적인 일임에도, 인터넷상에는 그를 비난하고 성토하는 글로 도배되었다. 왜 사람들은 화를 이기지 못하고 흥분할까? 제삼자인 타인의 일에 왜 흥분하고 화를 내는 걸까?

기술이 발전하고 의식주가 풍요로워졌지만, 생각지 못한 부작용들도 발생했다. 부익부 빈익빈이 심해지면서 많은 이가 상대적 박탈감과 정신적 스트레스에 시달리게 되었다. 대표적인 현상이 분노조절장애 증후군이다. 자신의 분노와 화를 억제 혹은 조절하지 못하고 타인에게 해가 되는 행동을 반복하는 것인데, 최근 급격히 사회적 문제가 되고 있다. 앞서 이야기한 두 사건도, 사람들의 가슴속에 내재된 분노가 많다는 걸 잘 보여준다.

식당에서 아이가 시끄럽게 뛰어다닌다며 화가 폭발한 사람, 약속 시간을 지키지 않은 상대방에게 격하게 화내는 사람, 쇼핑 중 직원이 마음에 들지 않는다며 소리치는 사람, 길 한복판에 자동차를 세워놓고 격하게 싸우고 있는 연인들…….

사람들이 분노를 발산하는 모습을 보면 그것이 누구를 위한 것인지 알 수 없다. 자신을 피곤하게 만든 타인한테 진심으로 화가 나는 것인지, 아니면 어떻게든 표출하려 했던 마음속 불만족을 터뜨리는 것인지 말이다. 분명한 건 분노를 발산하는 사람도, 분노에 공격당하는 사람도, 어느 한쪽도 만족할 수 없다는 것이다. 분노에 관한 한 모두 피해자가 된다.

나와 타인을 위한 10초의 배려

분노하는 사람들한테 이유를 물어보면 대부분 이렇게 대답한다.

"가만히 있는데(상대방 혹은 그 일이) 자꾸 건드리잖아."

나는 적어도 이 답이 꾸밈없는 진심이라고 생각한다. 실제로 사람들은 가만히 있는 '나'를 건드리기에 화를 낸다고 정당화한다. 어찌 보면 틀린 말이 아니다. 세상의 부조리함, 불공정함은 끊임없이 나를 자극하여 열심히 살고자 하는 의욕을 꺾으니까. 성공을 부추기고, 많은 부분을 돈으로만 저울질하려는 우리 사회에서 분노하지 않고 산다는 게 쉽지만은 않다. '아차' 하는 짧은 순간에 마음의 균형이 깨지고 분노가 치달아 흥분할 수 있다. 봄바람에 실려 오는 황사처럼 분노의 농도는 갈수록 짙어진다.

하지만 분노를 발산하는 것만으로 분노의 원인을 날려버릴 수 있을까? 화를 통해 얻을 수 있는 건 거의 없다. 속이 후련하고 상쾌해지거나, 쌓였던 체증이 내려가지도 않는다. 원인은 고스란히 남아 있고 감정만 뒤죽박죽 섞인다. 그래서 나 역시 분노하고 나서 후회했던 적이 훨씬 많았다. 화를 참는 것보다 발산하는 것이 정신건강에 좋다지만, 사실 화를 쏟아내는 것도 만만찮게 힘든 일이다.

또한 분노는 상대방에게 금세 전염된다. 화내는 사람을 바라보는 것만으로도 충분히 자극받는다. 개개인이 자제하지 못한 분노는 주변부로 퍼져서 결국 사회 전체를 뒤덮는다. 우리 사회는 위태롭기만 한 분노 절벽으로 향하고 있는 것이다.

감정이 춤추는 대로 움직이면 달라지는 건 없다. 나의 기분도, 상대방의 기분도 나빠지기만 할 뿐이다. 그래서 분노를 폭발하기보다, 내가 화난 이유를 사실관계에 맞게 상대방한테 설명하여 원인을 해소하는 것이 낫다.
"가방이 자꾸 저를 찔러서 불편하니, 가방 위치를 바꿔주시겠어요?"
"아이가 큰 소리를 내서 저희가 대화하는 데 불편하네요. 주의를 주시면 좋겠습니다."
"이 상품은 불량입니다. 규정에 맞게 교환 처리해주시기 바랍니다."
이러한 말을 들은 상대방이 불쑥 화를 내며 대응할 리 없다. 불편을 야기한 자신의 행동을 돌아보게 될 것이다. 만약 분노가 좀처럼 자제되지 않는다면 말하기 전에 10초간 심호흡을 하면서 감정을 가라앉히자. 이 10초는 나와 상대방을 보호하기 위한 최소한의 배려 시간이다.

많은 전문가가 추천하는 분노 조절 방법을 알아두고 평상시 꾸준히 연습하는 것도 좋다. 분노 폭발의 습관을 바로잡는 게 쉬운 일은 아니지만, 그 누구보다 나 자신을 위해 평정을 유지하는 방법을 배워보자. 전문가들이

권하는 분노장애 극복 방법은 다음과 같다.

첫째, 화를 무작정 참지 말고 스스로에게 왜 화가 났는지 물어본다.
둘째, 차분한 음악을 들으며 마음의 안정을 취한다.
셋째, 말을 가려서 하고, 듣기 좋은 말을 많이 한다.
넷째, 긍정적으로 생각하고, 긍정적으로 말하고, 긍정적으로 행동한다.
다섯째, 숨을 깊이 들이쉬고 내뱉는다.
여섯째, 명상·사색·독서를 자주 한다.

아울러 사람들의 눈먼 분노를 부추기는 미디어도 반성해야 한다. 오로지 사람들의 입에 오르내리기 위해 자극적이고 선정적인 보도를 아무런 죄책감도 갖지 않고 쏟아내는 행태는 비판받아 마땅하다. 싸움을 말리고 자제시켜야 하는 어른이 오히려 아이들의 패싸움을 부추기는 모양새다. 찾아보면 사람들을 살맛 나게 하는 좋은 콘텐츠가 얼마든지 있다. 미디어의 균형 잡힌 보도는 우리의 삶에 좀 더 살맛을 더해준다는 점에서 무척 중요하다.

분노하는 사람들을 손가락질하기보다 먼저 사회적 환경과 문화를 개선하는 데 역점을 두었으면 좋겠다. 갈수록 사람을 파괴시키는 분노에 대해서 사회적 차원의 해법이 필요하다. 언론과 방송이 앞장서서 해법을 찾고 제시해야 한다.

나 자신과 상대방을 위한 10초의 배려를 꾸준히 실천하면 좋겠다. 분노하는 시간보다 행복한 미소를 띠는 시간을 늘려가는 것이다. 처음에는 좀 어렵겠지만, 마음속에 불필요하게 넘치는 부정적인 감정을 비우는 연습은 꼭 필요하다.

누구도 분노하며 나이 들어가는 것을 원하지 않는다. 분노하느라 행복을 망치고 싶지 않다. 분노를 못 이겨 파괴되는 나와 상대의 모습을 정말 보고 싶지 않다.

아름다운 인생이니까,
단 한 번뿐인 인생이니까!

어떻게 하면 불안감으로 들썩이는 나의 엉덩이를
무게감 있게 자리를 지키게 할 수 있을까?
그저 남들보다 조금 덜 후회하는 것,
남들보다 조금 더 만족할 수 있으면 된다.

엉덩이에 신중함 장착하기

모 그룹의 인사 담당자 Y를 만났다. 몇 달 전 공개채용이 끝나 한시름 놓았을 것이라 생각하고 물어보니 그는 고개를 절레절레 저었다.

"입사 평가가 상위 일 퍼센트 안에 들어간 경력자들 중 삼십 퍼센트가 그만뒀어."

걱정되어 다른 입사자들과 면담을 진행해보니 그중에서도 퇴사를 고민하는 사람들이 있었다고 한다. 이미 그만둔 사람들을 감안하면 어림잡아 퇴사자가 70퍼센트에 육박할 것 같았다. 그렇게 빨리 그만둘 생각이라면 무엇 때문에 입사했던 것일까. Y의 설명은 나를 더 놀라게 했다.

"신기한 일이 아니야. 실력 좋은 경력자들일수록 이직률이 높다니까. 회사는 오래 일하길 바라지만 오히려 사람들이 그렇지를 않아. 매체에서는 일자리가 없다고 하지만 정작 현장에서는 일할 사람을 찾기 어려워. 아이러니한 일이야."

이 일에 내 인생을 걸어도 좋을까?

나는 업무관계상 기업의 인사 담당자들을 만날 기회가 많다. 이들은 한결같이 사람은 많은데 괜찮은 사람이 없다고 야단이다. 조금만 힘들어도 3개월, 6개월도 안 되어 사직서를 제출하고, 어려운 장벽을 만나 좌절하는 순간 자신의 길이 아닌 것 같다며 금세 포기하고 이직한단다. 그중에는 지금보다 편한 일자리를 찾아야겠다고 사표 던지는 사람도 적지 않단다.

비바람 한번 몰아치면 옮기고, 태풍 한차례 지나가도 그만두고, 진눈깨비 내리면 당연히 사표를 낸다.

그렇게 몇 개의 회사를 옮겨 다니다 서른 중반이 되어서도 뭐 하나 제대로 할 수 있는 일이 없고, 철새마냥 옮겨 다녀서 스스로 뭘 잘하는지도 모르고 일에 몰입하는 방법조차 모른다. 직원 입장에서는 한 푼이라도 더 주는 곳으로 옮기는 게 당연하지만, 기업 입장에서는 갈수록 좋은 직원 뽑기가 어려워진다고 하소연할 만하다.

고용인과 피고용인의 입장은 그 간격이 클 수밖에 없어서 근본적으로 좁히기란 불가능할 것이다. 그러나 늘 피고용인의 입장에서 생각하던 나는

요즘 고용인의 이야기에서 귀 기울일 만한 점을 찾게 되었다. 바로 선택의 무게가 너무 가볍다는 지적에 대해서다.

자신이 몸담을 직업과 직장을 찾는 것은 개인에게 정말 중요한 일이다. 선택 후에는 그것을 꾸준히 유지해가는 것도 꽤 많은 노력과 인내가 필요하다. 그런 과정을 통해 소위 전문성이라는 것이 확보된다. 그러나 오늘날 많은 사람이 전문성을 키우는 과정을 힘들어하고, 전문성을 갖춤으로 인해 얻을 수 있는 열매에만 관심을 둔다. 제사보다 젯밥에만 관심을 기울이는 형국이다. 오랫동안 방송작가로 활약하며 수많은 히트작을 만든 김수현 작가의 일갈이 떠오른다. 김수현처럼 쓰고자 하는 사람은 줄어들고, 김수현처럼 돈 벌고 싶은 사람은 많아진다고!

음악으로 평생을 보냈지만 다시 태어나도 가수가 되고 싶다 말한 트로트 가수 김연자, 다시 태어나도 배우로 살고 싶다 말한 카리스마 넘치는 여배우 윤석화, 다시 태어나도 작가가 되겠다고 말한 민족을 사랑한 작가 조정래…… 한평생을 바친 그 일을 다시 태어나도 선택하겠다는 마음에 박수를 보낸다.

자신의 일을 얼마만큼 사랑하고 좋아해야 이런 답변이 나올까? 평생 한 길을 가는 사람을 보면 부러움을 넘어 대체 어떤 사람이기에 가능할까 싶은 호기심이 생긴다. 대부분의 사람이 자신의 길에 대해서 고민하고 산다. 지금 가고 있는 길이 정말 내 길인지, 이 길로 가면 성공할 수 있는지, 좋은 길 놔두고 꼭 이렇게 힘든 길을 가야 하는지, 조금 더 빠른 길은 없는지, 나이 들어 후회하지는 않을지, 나의 재능과 적성에 적합한 길인지, 참 많은 고민과 갈등 속에서 하루하루 길을 걷는다.

딱 이틀만 더 해보자!

누구에게나 직업에 대한 선택은 단순하지 않다. 평생 내가 해야 하는 일이라면 신경 써서 후회 없는 선택이 되도록 해야 한다. 또한 모든 사람이 한 가지 일로 평생을 살거나, 외길 인생을 살아야 하는 것도 아니다. 당장이라도 타고난 재능을 살려 천직을 찾아야 하는 것도 아니다. 누구나 다 때가 다르고, 누구든 선택의 중심에서 기준을 벗어날 수 있다.

외길 인생을 살아가는 사람들은 자신이 하는 일에 불만이 없을까? 너무 바보 같은 질문이다. 어떻게 불만이 없을 수 있을까. 외길 인생을 살아가는 이들이라고 모두 천부적 재능을 살린 것도 아니고, 미치도록 하고 싶어 시작했던 게 아닌 경우도 많다. 개중에는 적성과 재능이 기막히게 들어맞는 사람도 있겠지만, 대부분은 하다 보니 지금까지 왔다고 말하는 사람도 많았다. '딱 하루만 더 해보자', '올해까지만 해보고 결정하자' 하며 힘든 과정을 버티면서 세월을 보냈다고 말한다.

이것 말고는 할 수 있는 일이 없어서 계속했다고 말하는 이들도 있다. 중간에 다른 길을 택해서 떠났다가 다시 돌아온 경우도 있다. 일을 시작하는 초반부터 '이 길이 진짜 내 길이고, 평생을 가야 할 길이다' 하고 결정했다기보다 시간이 흐르면 흐를수록 나의 길이라는 확신이 깊어졌기 때문에 몰두할 수 있었다고, 다른 길에 대한 유혹을 뿌리칠 수 있었다고 말한다.

일본의 최고령 양조 기술자로 알려진 츠구에다 유이치 씨는 양조 기술을 익히면서 그만두고 싶을 때마다 "딱 이틀만 더 해보자" 하며 위기를 버텨 냈다고 했다. 《평생을 일할 수 있는 즐거움》을 출간한 도쿠마서점 취재팀 편집자 다카시마 치호코는 일본 내 최고령 프로페셔널 15인을 찾아 행복하게 일하는 노하우를 담아냈는데, 이들의 한결 같은 공통점은 자신의 일을 귀하게 생각한다는 것이다. 또한 지금 하는 일에 불만이 많은 사람은 천직을 만나기 어렵다는 따끔한 충고도 잊지 않았다.

심리학자 에이브러햄 매슬로우는 인간의 욕구 단계 이론에서 가장 상위 단계가 '자아실현의 욕구Self-actualization need'이며, 자아실현을 현실로 변화시키려는 동기에서 출발한 이 욕구가 충족될 때 사람은 희열과 보람을 느낀다고 말했다. 매슬로우가 정의한 자아실현은 자기 내면적 마음을 수용하고 표현하는 것, 즉 잠재 능력 및 가능성을 실현하는 것을 뜻한다. 그런 측면에서 볼 때 지속적인 자신의 일을 통해 경제적 측면을 넘어 존경의 욕구, 자아실현의 욕구까지 실현하는 것은 직업적 측면에서의 성공을 의미하는 것인 듯싶다.

어떻게 선택해야 하는 것일까? 어떻게 하면 불안감으로 들썩이는 나의 엉덩이를 무게감 있게 자리를 지키게 할 수 있을까? 일을 선택하는 데에서 반드시 적성에 맞지 않아도 상관없다. 멋지게 자기의 길을 간다는 것은 평생 한 직장에서 일하라는 것이 아니다. 남들보다 월등하게 많은 근무 경력도 아니고, 남들에게 떠벌리며 자랑할 수 있는 일을 만들라는 것도 아니다. 그저 남들보다 조금 덜 후회하는 것, 남들보다 조금 더 만족할수 있으면 된다. 그 차이는 어찌 보면 티도 안 나는 정도일 수 있다. 그러나 알면 알수록 그 티도 안 나는 차이는 결국 놀라울 만큼 격차를 만들어낸다.

그 어떤 상처라도 치유할 줄 아는 사람이 인생 고수다.
우리는 마음만 먹는다면 그런 고수가 될 수 있다.
바로 시간이라는 무기 덕분이다.

상처를 꺼내어 쓰다듬기

바닷속 왕국의 공주이지만 육지의 왕자님을 사랑한 여인. 마녀와의 거래로 아름다운 두 다리를 얻었지만 대신 목소리를 빼앗겨 왕자에게 자신이 누구인지 밝힐 수 없었고, 자신이 아닌 다른 나라의 공주와 결혼한 왕자를 죽일 수 없어 물거품으로 변한 비운의 여인.

이토록 아름답고 슬픈 동화 《인어공주》를 쓴 사람은 덴마크의 동화작가 안데르센이다. 《엄지공주》, 《벌거벗은 임금님》, 《성냥팔이 소녀》 등 약 200여 편의 그의 작품은 지금까지도 전 세계인들의 많은 사랑을 받고 있다. 그런데 인류 문학사상 위대한 걸작을 남긴 안데르센이 처음부터 작가의 꿈을 꾸었던 것은 아니다.

본래 안데르센은 배우가 되고 싶어 했다. 가난한 집에서 태어난 그가 배우의 꿈을 품고 열네 살 때 코펜하겐으로 왔지만, 그를 반겨주는 극단은 하나도 없었다. "재능이 있긴 하지만 특별하진 않다", "배우를 하기엔 못생겼다" 등이 그가 퇴짜 맞은 이유였다. 이후 우연한 기회에 후원자를 만나서 학업을 마쳤고, 그 후 발표한 소설과 동화가 인정을 받으면서 유명세를 탔다.

작품이 대성공을 거두었지만, 안데르센의 삶은 끝없는 외로움과 지독한 열등감으로 점철되어 있다. 가난하고 비천한 집안 출신, 못생긴 외모, 구애하는 여성마다 퇴짜를 맞는 등의 상처는 그의 작품 속에 고스란히 드러나 있다.

만약 그가 부유한 가정에서 태어나 유복하게 자라고 많은 사람의 사랑을 받으며 평온하게 살았다면, '인어공주', '미운 오리 새끼' 등 독특하고 개성 있는 캐릭터는 탄생하지 못했을 것이다. 한평생 그가 싸워온 상처들은 다른 어떤 작품 속에서도 찾아보기 힘든 그만의 개성이 되어 작품 속에서 빛나고 있다.

지나고 보니, 사연은 내 삶의 흔적이었어!

누구나 사연이 있다. 시쳇말로 '사연 하나 없는 사람이 있을까!'라고 한다. 나이 들수록 격하게 공감되는 말이다. 살아가면서 폭풍 같은 사연 하나 겪지 않고 사는 것은 거의 불가능하다. 사납게 불어닥친 폭풍은 세월의 흐름도 놓치게 만든다. 부모님의 빚 갚느라 20년이 걸린 이들도 있고, 갑작스러운 집안의 부도 때문에 10대 때부터 가장 노릇을 하느라 사춘기가 뭔지도 모르고 보낸 이들도 있다. 교통사고로 느닷없이 부모님을 잃고 어린 동생들 키우고, 학교 보내고, 시집장가 보내느라 서러운 세월을 보낸 이도 있다.

인생이란 나의 것이면서도 온전히 나의 마음대로 할 수 없다. 나의 인생이지만 혼자 사는 세상이 아니기에 내 마음대로 온전히 선택할 수도 없다. 나의 의지 혹은 타인의 의지로 우리는 삶 속에서 숱한 사건들을 맞이하고, 그 속에서 사연이 탄생한다.

사연은 삶의 흔적이다. 내 인생의 한편을 차지한 책장이다. 간직하고 싶지 않은 것들도 있지만 버릴 수도 없다. 지나고 보니 사연은 내가 살아낼 수 있던 삼시세끼였다. 열정을 토해낼 수 있는 원천이자, 독기를 품게 만든 동기부여이기도 하며, 풍성한 과실을 맺게 한 거름이기도 하다. 있어도 반갑지 않고, 없으면 반쪽짜리 인생같이 느껴지는 묘한 것이다.

'단풍이 봄꽃보다 아름다운 이유는 인고의 세월을 견디며 빛이 바랬기 때문이다.'

이 말처럼 거친 세월에 꺾이지 않고 버텨낸 시간이 있기 때문에 지금의 내가 있는지 모르겠다. 사연은 단풍보다 아름다운 꽃이다.

어떤 상처라도 치유할 줄 아는 사람

참담한 상처가 있다면 아무도 모르게 마음 깊은 곳에 보관하고 싶다. 아주 비밀스럽게, 그 상처로 다시는 아프지 않게 숨겨놓고 싶을 때도 있다. 그렇게 깊고 어두운 창고에 보관된 상처는 차가운 얼음이 녹는 것처럼 따사로운 온기를 받으면, 단단하게 닫혔던 마음을 무장 해제시킬 사람을 만나면 조심스럽게 밖으로 나온다. 술 한잔 기울이며 케케묵은 것을 꺼내고 나면 시원하기도 하고, 서럽기도 하고, 왈칵 눈물이 쏟아지기도 한다. 이게 뭐라고 이렇게 오랫동안 숨기고 사느라 힘들었는지 싶어 허무함에 잠기기도 한다. 툭툭 털고 살아도 되었을 텐데, 그 툭툭 털어낼 용기가 나지 않아 오늘까지 왔구나 싶다.

마음 깊은 곳에 혼자만이 알 수 있는 비밀 창고 하나쯤 가지고 산다. 마음의 상처로 인해 나를 가두고 살 때도 있지만, 반대로 그 덕분에 다른 사람의 상처에 접근하기도 한다. 내가 가진 상처로 인해 타인의 상처에 연고를 바를 수 있고, 내가 가진 사연으로 인해 타인의 사연을 고스란히 품어줄 수 있다. 사연은 아픔이고, 상처이며, 숨기고 싶은 비밀이지만 언젠가는 꺼낼 수 있어야 한다. 감춰두는 것만이 능사는 아니다. 그 어떤 상처도 치유될 수 있다는 것을, 그 믿음조차 의미가 없다 생각되겠지만 그래도 치유할 수 있다는 믿음이 있어야 차도가 생긴다. 심리학자들도 조금 더 빨리 꺼낼 수 있는 사람이 용기 있는 사람이며, 빠른 치유도 가능하다는 것을 강조한다. 안데르센도 자신의 마음 깊숙이 자리 잡은 열등감과 고독감을 작품으로 승화하지 않았다면, 살아서도 죽어서도 대작가로 칭송받지 못했을 것이다. 수많은 사람 앞에서 자신의 내면을 끌어내는 것은 실로 대단한 용기인 것이다.

아동전문 치료사이자 심리학 교수인 H. 노먼 라이트는 저서 《상처를 마주하는 용기》에서 말했다.

묻어둔 상처가
회복되는 것은 아니며,
마음의 고통을 없애는 데는
즉효약이 없다.

특히 4년간 지속된 관계의 상실로부터 회복되는 데는 2년이 걸리고, 12년간 지속된 관계의 상실에서 회복되는 데 6년이 걸린다는 연구 결과를 밝히기도 했다. 또한 누군가와 함께 걷는다면 회복이 더 잘될 수 있다고 말했다. 용기를 가지고 상처와 마주하면 그때부터 회복이 시작된다는 그의 조언이 무엇보다 반갑다.

일본의 정신과 의사 오카다 다카시는 저서 《상처받는 것도 습관이다》에서 27년간의 임상 경험을 바탕으로 인격 유형에 따라 연애방식이나 배우자를 선택할 때 일정한 경향이 있음을 밝혀냈다. 관계심리학으로 볼 때는 상처받는 것도 습관이라는 것이다. 늘 비슷한 연애를 하고 상처를 받는 자신을 발견하는데, 사람은 후천적 성격과 환경적 영향에 지배받기 때문이라는 것이다.

어떤 이유로 상처를 받든지 간에 상처는 결국 아물고야 만다. 한 번의 상처로 인생을 송두리째 망칠 필요는 없다. 한 번의 연애 실패로 모든 남자 혹은 여자를 원수 보듯 할 필요도 없다. 한 번의 실수로 자신의 모든 가능성을 포기할 수는 없지 않은가. 시간이 지나고 나면 별거 아닐 수도 있는데 대단한 생사의 문제인 것처럼 낙심하며 자신을 가두는 짓은 현명하지 못한 것 같다. 살아가는 동안 어떤 사건을, 어떤 방식으로 겪게 될지 아무도 모른다. 결국 이겨낼 수 있고 모든 일이 지나갈 것이라는 진리를 염두에 두고 살아야 충격을 완화할 수 있다.

행복한 표정으로 지난 추억을 꺼낼 수 있는 사람이야말로 남부럽지 않은 인생을 사는 사람이다. 자신의 인생을 오로지 좋았다고 치장하며 가면을 쓰는 사람이, 상처가 아프다고 비명을 지르는 사람보다 위험할지도 모른다. 사람이 좋은 것만 맞이하고 살 수는 없다. 하루에도 몇 번씩 갈등 때문에 서로 다투며 살아가고, 한 달에도 몇 건씩 사건 사고에 휘말리며 안절부절못하고 지내는데 말이다. 사건 사고가 많을 때는 일주일도 참 길게만 느껴진다. 한 달이 일 년 같을 때도 있지 않던가.

그 어떤 상처라도 치유할 줄 아는 사람이 인생 고수다. 우리는 마음만 먹는다면 그런 고수가 될 수 있다. 바로 시간이라는 무기 덕분이다. 한때 사랑했던 사람, 잠시 출근했던 회사, 배신감이 들었던 사람, 도저히 용서할 수 없을 것 같았던 사람조차 시간 앞에서는 점차 희미해져간다. 깊은 상처도 시간이 지나면 딱지가 앉고 새살이 돋아난다.

아름답게 나이 들어가고 멋지게 살아가는 방법 중 하나는 상처나 아픔이 치유되도록 기다리는 것이다. 독기를 품은 못된 마음을 넓은 바다에 사정없이 던져버릴 줄 아는 사람이라면 당연히 누가 봐도 멋지다. 바쁘고 신경 쓸 것투성이인데 지질한 상황에서 벗어나지 못하고 자신을 옭아매서는 좋을 게 없다. 스스로에게 아무 도움도 되지 않는 지난 일에 매달릴 필요는 전혀 없다. 아까운 시간이다!

꽁꽁 얼어붙은 분위기, 꼬여버린 관계, 깊은 감정의 골도
말 한마디로 해결의 실마리를 찾을 수 있다.
오늘부터 시작해보자. 사소한 말 한마디부터!

입으로 덕 쌓아가기

"입에 걸레를 물어도 그것보다는 나을 거야."
친구는 회사 상사와 있었던 일을 이야기하며 얼굴을 잔뜩 찌푸렸다. 능력이 출중해서 인정받는 커리어 우먼이지만, 팀장 때문에 골머리를 썩고 있다.
"일 잘하고 프로페셔널한 사람인 건 인정해. 그런데 꼭 말을 그딴 식으로 해야 하냐고. 나뿐만 아니라 팀원들도 다 똑같이 힘들어해."
그의 팀장은 그 업계에서 인재로 소문난 사람이었다. 빼어난 전략과 불도저 같은 추진력, 빠른 업무 처리 속도, 놀라운 업무 성과 등 회사가 좋아할 만한 요소는 다 갖추고 있었다. 그러나 한 가지 문제가 있었다. 입이 거칠다는 점이었다.
"이 새끼가, 일을 그따위로 하면서 월급은 꼬박꼬박 받아 가?"
부하 직원이 업무상 실수를 저지르거나 약속된 기한을 지키지 못할 때 어김없이 폭언과 욕설을 퍼부었다. 업무 미팅 때에도 권위적인 태도였고 자신의 지시에 항의하는 것을 용납하지 못했다. 친구 역시 프로 정신으로는 둘째가라면 서러울 정도였지만, 팀장의 철저한 일 중심 마인드와 거칠고 권위적인 태도에 혀를 내둘렀다.
나중에 그 팀장은 사직서를 냈다고 했다. 팀원들이 단체로 항명을 해서 업무가 마비되는 지경에 이르렀다. 회사 경영진은 유능한 인재가 사직을 하니 어리둥절했지만, 팀장에게 인격 모독을 당했다는 민원이 이어

지자 결국 사직서를 받아들였다고 한다. 그토록 완벽한 사람에게 그런 치명적인 결함이 있다니! 이런 걸 보면 세상이 공평한 면도 있는 것 같다.

나이에 맞는 언품이란?

성인이 갓난아기와 다른 점 중 하나는 때와 장소에 맞는 말을 할 수 있다는 것이다. 사람은 태어나면 상당 기간까지 말다운 말을 하지 못한다. 겨우 옹알대다가 생후 1년에 가까워지면서 '아바아빠', '어마엄마' 등의 간단한 단어를 말하고, 생후 18~24개월 무렵에야 폭발적인 어휘력 성장으로 제법 다양한 어휘를 사용한다. 24~36개월쯤엔 대화가 가능한 수준의 어휘력을 갖는다. 이처럼 사람은 태어나면서부터 소리를 내고 말하는 법을 배워가지만, 좋은 의사소통 방법을 배우는 것은 성인이 된 이후인 듯하다.

사실, 말공부처럼 오래 배워야 하는 분야도 드물다. 수학과 물리학은 길어야 고등학교에서 끝난다. 체육과 음악 같은 예술 분야도 관심이 없다면 평생 공부하지 않아도 상관없다. 그런데 말하기 공부는 다르다. 사람은 살아 있는 한 다른 이와 끊임없이 소통하며 살아야 하기에, 내 마음을 타인에게 정확히 전달하고 상대의 생각을 제대로 알아낼 수 있는 말공부는 꼭 필요하다. 그야말로 평생 공부가 되어야 하는 것이다.

나이가 들수록 삶의 지혜가 생긴다고 한다. 말하는 기술도 나이가 들수록 더 좋아져야 하는데, 현실은 전혀 그렇지 않다. 나이 든 사람들이 자기 세대 때의 생각이나 표현법을 앞세워 젊은이들에게 접근하다 보면 어김없이 소통 오류가 발생한다. 자칫 잘못하면 한참 어린 사람한테도 욕먹을 일이 생긴다. 때로는 아차, 하는 순간에 균형을 잃어서 얼굴이 화끈거릴 때도 있다. '아' 다르고 '어' 다른 우리나라 대화 문화 속에서 누구라도 잦은 말실수가 반복되면 너그러운 이해를 얻어내기 힘들다.

어떤 경우, 말은 그저 서로의 의견만 확인하는 기능적 차원으로 끝나서는 안 될 때가 있다. 바로 갈등과 이견이 있을 때이다. 이럴 때는 서로의 의견과 생각을 나누고 조율하여 쌍방이 동의할 수 있는 합의를 도출해내야 한다.

말은 잘 사용하면 덕이 되지만, 잘못 사용하면 해가 되는 양날의 검이다. 특히 나이가 많을수록, 직위가 오르고, 사회적 위치나 인지도가 높아질수록 말이 가진 파장은 커진다. 부부지간, 사랑하는 사람, 가까운 사이에서도 말을 잘못해서 갈등이 유발될 수 있다. 아무리 오랜 기간에 걸쳐 좋은 관계를 유지해도 잘못한 말 한마디 때문에 한순간 남보다 못한 사이가 되기도 한다. 상황 파악 못 하고 눈치 없이 던진 말 한마디 때문에 사이가 끝장나는 경우도 있다.

사람은 일생 동안 대화를 주고받으며 살아야 한다. 상호 대화를 통해 공통분모를 찾아내고, 상대방의 성격이나 특성을 확인하기도 한다. 때로는 말하는 것만으로도 서로가 충분히 잘 통할지, 그렇지 않을지를 판단한다. 공적 업무상에서는 다시 만나야 할지, 그만 만나야 할지, 사업 파트너로 적합한지의 여부를 판단하는 데 상당 부분 영향을 미친다. 품격이 느껴지는 대화를 하는 상대방에게는 호의적이지만, 반대로 품격이 없다고 생각되는 사람에게는 눈살이 찌푸려지고 심지어 무시해버리기까지 한다.

우리 조상들은 예부터 사람을 판단하는 데 네 가지 표준을 가지고 있었다. 신수, 말씨, 글씨, 판단력이다. 신언서판身言書判이라고 하는데, 외모가 홀륭하고, 말투가 바르고 정직하며, 글씨체가 곧고 아름다우며, 판단력이 이치에 맞아야 한다는 의미였다. 이 중에서 외모나 글씨체보다는 말투와 판단력이 중요한 요소로 여겨졌다. 말과 판단력은 그 사람의 언어의 품격, 즉 언품言品과 직결되는 요소이다.

현대 사회에서도 신언서판은 지속적으로 중요하게 다루어졌다. 사람에게는 인품이 있고, 인품은 언품을 통해 드러난다. 언어의 품격은 대화를 지속할 수 있도록 서로 지켜야 할 매너이고, 사람의 마음을 사로잡을 감동의 힘이 되기도 한다.
언품이 좋은 사람은 훌륭한 성품을 가졌다거나 품격이 높다는 인상을 남긴다. 언품을 높이는 게 쉽지는 않지만 상황과 자리에 맞는 언품을 통해 주변 사람들한테 자신에 대한 평판을 좋게 다질 수 있음은 두말할 나위가 없다. 나이에 맞는 언품을 갖추는 것이 쉬운 일은 아니지만, 멋지게 나이 들고 싶은 바람이 있으니 언품에 욕심이 생기기도 한다.

등 돌리게 하는 말, 감동을 주는 말

전문가들도 어렵다고 호소하는 분야가 바로 소통이다. 이론과 현실은 멀기만 하고, 한 번 잘했다고 계속 잘한다는 보장도 없으며, 실수가 다시 반복되지 않으리라는 확신도 어렵다. 언품이 높다는 것은 무엇일까? 어릴 때는 뉴스를 진행하는 아나운서나 MC처럼 또박또박 말하는 것이 말을 잘하는 거라고 생각했다. 표준 발음, 어투, 속도, 단어를 선택해 자신이 하고 싶은 이야기를 논리적으로 똑소리 나게 할 줄 아는 것이 말 잘하는 건 줄 알았다.

하지만 지금은 생각이 많이 바뀌었다. 말 잘하는 능력을 판단하는 나의 기준점이 달라진 것이다. 말 잘하는 것은 표준어의 사용 유무나 발음과는 별로 관련이 없었다. 이러한 것들은 서로의 교감에 큰 영향을 미치지 않았다. 사실은 중요한 것이 따로 있음을 알 때까지 참 많은 시간을 흘려보내야 했다. 말을 잘하는 것, 품격 있는 말은 무조건 자신이 하고 싶은 말을 다 하는 게 아니라 상대의 입장을 충분히 고려해 말을 가감할 줄 아는 것이었다.

"생각이 참 깊으세요."
"사진보다 실물이 훨씬 멋있어요."
"늘 파란색 볼펜을 가지고 다니시네요."

"만날 때마다 느끼는 것인데, 정말 자상하세요."

"오랫동안 함께 일하고 싶습니다."

"참 대범하세요."

"능력이 대단하세요. 어떻게 그렇게 잘할 수 있나요?"

이런 말들이 마음을 사로잡는다. 반면, 다음의 말들은 등을 돌리게 만든다.

"왜 나만 손해를 봐야 되는데요?"

"남자 성격이 너무 꼼꼼하면 답답해요."

"당연히 모르겠지요!"

"늘 나만 시키니까 서운해요."

"나중에 두고 보자고. 꼭 갚아줄 테니까!"

"잘해줘도 불만이면 어떡하라고요?"

"이렇게 된 것은 모두 그쪽 탓이에요."

언품의 핵심은 개인 감정이라고 생각한다. 서로의 말하기, 즉 소통의 목적은 서로의 감정을 공유하는 것이니까. 상호 입장이 다르고, 살아온 환경과 문화가 다르고, 하고 있는 일과 만나는 사람이 다르고, 현재 처한 입장이 다르기에 처음부터 원만한 소통이 되기란 쉽지 않다. 불통이 되는 이유 중 가장 큰 원인은 나와 너의 다른 점이다. 그래서 화려한 스킬만 가지고는 상대와 공감하고 감정을 공유하기엔 역부족이다.

등 돌리게 하는 말은 쉽고, 감동을 주는 말은 어렵다. 무심코 던진 돌에 개구리가 맞아 죽는 것처럼 무심코 던진 말 한마디 때문에 상대는 평생을 두고두고 상처 입을 수 있다. 이상한 것은 기분 나쁘게 만드는 말은 연습하지 않아도, 고민하지 않아도 잘할 수 있다는 것이다. 마음속 감정들을 툭툭 뱉어내는 말이 많으면 많을수록 내 곁의 사람들이 떠난다. 상처가 되는 말을 하는 것은 이처럼 쉽다. 잘 생각해보면 스스로를 외롭게 만든 이유 중 하나가 못된 말버릇 때문일 것이다.

"엄마, 피곤하실 텐데 어깨 주물러드릴까요?"
"과장님, 커피 생각나시죠, 제가 갔다 올게요."
"너 바쁘잖아, 내가 뭐 도와줄까?"
"혹시 필요하실 것 같아 하나 사 왔어요."
이런 말을 할 줄 알아야 한다. 물론 나이가 들어도 사람 마음을 읽어내는 건 어렵다. 감동을 주는 말 역시 쉽지 않다. 상대방이 무엇을 생각하는지 알 수 없고, 그 마음을 알 수 있다고 해도 시시각각 변하는 것이 마음인데, 어떻게 매번 사람 마음을 읽을 수 있겠는가. 어쩌다 한 번 마음을 알아채서 눈치껏 처신하고, 서비스 멘트를 하는 것은 가능하겠지만 시도 때도

없이 감동을 주는 일은 불가능하다. 도대체 얼마나 더 살아야 상대가 원하는 말을 눈치껏 해낼 수 있을까.

말을 잘한다는 소리를 듣는 일도 어렵지만, 진짜 언품은 말한 걸 그대로 잘 지킬 줄 아는 것이기에 만만치 않다. 그 사람이 정말 내 마음을 알아주는 것 같고 그의 말 한 마디에도 위로를 받는다면, 이는 단지 그의 화술 때문이 아니다. 나를 공감해주고 위로하는 그의 행동이 뒷받침되기 때문이다.

우리 사회에서 상대의 마음을 헤아리고 배려하는 따뜻한 말 한마디가 점점 인색해져간다는 생각이 든다. '말 한마디에 천 냥 빚을 갚는다'는 속담이 있다. 반대로 생각하면 말 한마디에 천 냥 빚을 질 수도 있다. 말의 무게감이란 이토록 엄청나다.

서로 입장이 다르고 살아온 문화와 환경이 다르기에 소통이 처음부터 잘 된다는 것이 오히려 이상하다. 중요한 점은 나를 소중하게 생각하는 것처럼 타인의 기분을 헤아리려 노력하고, 그걸 말로 표현해야 한다는 것이다. 꽁꽁 얼어붙은 분위기, 꼬여버린 관계, 깊은 감정의 골도 말 한마디로 해결의 실마리를 찾을 수 있다. 오늘부터 시작해보자. 사소한 말 한마디부터!

나는 오늘부터 변하기로 마음먹었다.
나를 가장 사랑하는 사람은
내가 되기로 다짐했다.
다시 나로 태어나고 싶을 정도로
멋진 내가 되기로!

지금 이대로의 나를 사랑해!

"자기 자신에게 만족하십니까?"

이런 질문에 주저 없이 손을 번쩍 들 사람이 얼마나 있을까? 아마 별로 없지 싶다. 나 역시 마찬가지다. 사는 데 큰 불만이 없고 매일을 열심히 살아가고 있다 자평하지만, 그래도 나 스스로에게 만족하냐는 질문에는 자신 있게 손을 들지 못한다. 정말 불만이 많아서인지, 불만족이 습관이 되어서인지 알 수 없다.

모 방송국에서 2013명을 대상으로 사람들의 불만족에 대한 설문조사를 한 적이 있다. '나는 이런 여자가 부럽더라'라는 설문조사였는데, 설문조사 결과에 따르면 대부분의 여성은 미모, 돈, 남편이 부러움의 핵심이고, 이런 것들로 인해 '-이 되고 싶다'는 생각을 하게 된다고 한다. 여성들은 상대방의 업무적 능력이나 가치관보다는 외형적인 것에서 더 많은 질투를 느낀다.

나 또한 여자이기에 공감이 갔다. 그래서일까, 자신이 가진 것에 대한 행복보다는 자신이 가지지 못한, 타인이 가진 우월한 것 때문에 불행함을 더 많이 느끼는지 모르겠다.

"지금도 충분해"라고 말하는 사람들

설문조사 결과를 보면, 사람들이 얼마나 다양한 분야에서 불만족을 느끼는지 알 수 있다. 남성들의 설문조사도 있다면 남성과 여성의 결과를 비교할 수 있었을 텐데, 방송사는 남성에 대한 조사는 따로 하지 않았다.

1위: 외모, 몸매가 타고난 여자(28%)

2위: 남편 복 있는 여자(15%)

3위: 돈이 많은 여자(15%)

4위: 건강한 여자(11%)

5위: 출세한 여자(9%)

6위: 아무리 먹어도 살 안 찌는 여자(7%)

7위: 나이 먹어도 젊어 보이는 여자(4%)

8위: 시댁, 친정이 부자인 여자(4%)

나에게 주어진 것에 만족하며 살아가는 것은 참선參禪, 자신이 본래 갖추고 있는 부처의 성품을 꿰뚫어 보기 위해 앉아 있는 수행처럼 힘들다. 내가 가진 것은 한없이 보잘 것없어 보인다. 부족해도 너무 부족한 것 아니냐는 불만이 한숨으로 터진다. 정신적이든 물질적이든 뭐하나 흡족한 것이 없다. 이리저리 둘러보지만 나보다 못한 사람이 없는 것 같다. 오히려 가져도 너무 가진 사람들만 보인다. 뭐 하나 특별할 것 없는 나에 비해 사람들은 좋은 것은 다 가지고 산다. 세상 참 불공평하다. 많은 걸 가진 게 나쁘다기보단 그들보다 많이 가지지 못한 나처럼 평범한 사람들은 상대적 박탈감을 벗어나기가 힘들다는 것이다. 이런 마음을 가지는 것이 어디 나뿐일까.

하지만 나이를 먹어가다 보니 이런 불만을 품고 살아서는 안 된다는 생각이 문득문득 들었다. 배울 만큼 배우고, 알 만큼 아는데, 나이도 제법 찼는데 불평과 불만만 키우며 볼썽사납게 살고 싶지 않다. 뭔가 좋은 방법이 없을까? 나 스스로를 위해 무엇이라도 찾아내야 할 것만 같았다. 그러던 중 오랜만에 방문한 쇼핑센터에서 우연찮게 어느 부부의 대화를 듣게 되었다.

"여보, 가방 하나 사지 그래요? 지금 들고 있는 가방도 너무 오래되었잖아. 오늘 마음먹고 나왔으니 하나 삽시다."

"당신 마음은 알겠는데, 지금도 충분해요. 새로 사지 않아도 불편하지 않아요."

"그래도 하나 삽시다. 내가 사줄게."

"정말 괜찮아요. 지금 가지고 있는 가방으로도 충분해요. 내 것 말고 당신 옷 한 벌 사는 게 어때요?"

평범한 부부의 대화였지만 귀에 쏙 들어왔다. 단지 인사치레가 아닌, 충분한 만족감과 여유가 느껴지는 여성의 말 때문이었다. 두 사람 다 검소한 옷차림에 온화한 인상이었다. 특히 아내의 얼굴은 참 고왔다. 젊은 여성처럼 싱싱한 아름다움은 아니었지만 세월에 맞게 주름이 살짝 지고 부드러운 인상이 참 아름다웠다. 내가 관상 전문가는 아니지만 누가 보아도 아름다운 심성 없이는 도저히 만들어지지 못할 고운 얼굴이었다. 그날 그녀의 "지금도 충분해요"라는 말이 종일 기억에서 떠나지 않았다. 아주 오랜만에 생각을 정리하게 만드는 사람이었다.

여자라면 더 예뻐지고 싶다는 욕망 때문에 성형도 하고 명품 가방도 원한다. 더 예쁜 옷으로 자신을 가꾸고 싶어 하는 것은 지극히 당연하다. 이러한 행위의 정도가 지나치지 않고, 만족감을 느끼고 행복하다면? 당연히 문제될 것이 없다. 그러나 많은 이가 깨진 항아리처럼 채워지지 않는 욕망을 갖고 있다. 아무리 물을 부어도 채워지지 않는 깨진 항아리를 채우느라 씨름하는 사람들을 보자면 선뜻 좋아 보이는 인생이라고 말하기 어렵다.

"지금도 충분해요"라고 말하던 여인의 얼굴은 달빛처럼 은은하게 빛났다. 그녀의 모습은 충분히 넘치게 가지고 있음을 증명하고 있었다. 어떤 고가의 가방도 그녀가 가진 우아함을 대신해주지 못할 것이다.

나이 들수록 조금 더 현명해지고 싶고, 많이 가지지 못했다는 불행 속에
서 허덕이고 싶지 않고, 매 순간 이유도 없이 불만만 키우며 살고 싶지 않
다. 나도 저렇게 처음 보는 여인의 얼굴 속 아름다운 미소를 만들고 싶었
다. 모처럼 건강한 욕망에 사로잡힌 하루였다.

다시 태어나도 지금의 나!

한 번 사는 인생 멋지게 살아야 한다는 말을 수없이 하고 살면서 사람들은 '다시 태어난다면'이라는 가정을 한다. 삶에 대한 애착과 사랑이 큰 것일까, 못 이루고 못 가진 것에 대한 불만과 회한이 큰 것일까?

'다시 태어난다면'이라는 표현은 지금의 현실에 불만족하거나 부정적임을 함축하고 있다. 환생한다면 지금보다 더 나은 무엇인가를 원한다는 것일 테다. 지금의 현실이 충분히 만족스럽지 않기 때문에 다음에 태어나면 지금과 다른 환경, 학력, 경제력, 미모, 배우자 등을 원하는 것이다. 갈망하는 바를 가지고 태어나길 소망하는 것이다. 더 소망하고 더욱 갈망하는 것, 가진 것보다 더더욱 많은 걸 소유하고 싶은 게 사람 마음이니까.

그런데 사람이 전부 그렇지만은 않은 듯하다. 모 방송 프로그램에서 가수 하춘화 모창으로 유명해진 개그맨 김영철이 동료들의 외모 지적에 대해 답변하는 모습을 보고 놀란 적이 있다. 남들에게는 미남으로 보이지 않을지라도 자기 스스로에 대해서 만족감이 무척 높다는 그의 멘트가 인상적이다.

"나 이상해요? 밖에 가면 잘생겼다고 하는데, 스튜디오만 오면 이상해져. 나는 자존감 되게 높은 아이거든요. 나는 나를 너무 사랑해요. 다시 태어나도 계속해서 나로 태어나고 싶어요."

외모 지적에도 굴하지 않고 자존감과 자기애라는 표현을 써서 그런지 더욱 긍정적으로 보였다.

지금의 내가 만족스러워 다시 한 번 지금의 나로 살고 싶다는 말은 쉽게 들을 수 있는 말이 아니다. 지금 현실과 스스로에 대한 강한 만족감과 자신감이 있어야만 할 수 있는 말이다. 다시 태어나도 지금의 아내와 결혼하겠다는 사람, 다시 태어나도 지금의 직업을 갖겠다는 사람, 다시 태어나도 지금 부모님의 자식으로 태어나고 싶다는 사람을 가끔 만나면 정말 대단하다는 생각이 든다.

이들에겐 정말 특별한 비밀이 있는 것일까. 하루가 멀게 불만과 갈등으로 고민하는데, 어떻게 다시 태어나도 그대로 살고 싶을까. 심리학자들의 조언에 따르면, 자신의 모습 그대로 되살고 싶다 말하는 것은 스스로에 대한 행복과 가족, 동료, 주변 사람에 대한 만족도가 높다는 뜻이란다. 자신의 현실을 충분히 감사하게 받아들이고 있다는 것이다. 사실, 나는 잘 모르겠다. 환생하여 지금의 나로 태어나겠냐고 물어온다면 아직까지는 확신이 서지 않는다.

그런데 개그맨 김영철이 보여준 자존감과 자기애에 대한 표현에서 한 가지 배운 것이 있다. 나를 사랑하는 일도 적극적일 필요가 있다는 것. 나를 지키고 사랑하는 것도 나부터 해야 하며, 나를 멋있는 사람으로 보아야 하는 것도 나부터 시작해야 하고, 나를 멋진 사람으로 표현하는 것도 나부터 앞장서야 한다는 것. 사실, 순간순간 나를 부정하며 살아갈 때가 얼마나 많은가. 상대방으로부터 받은 작은 칭찬 하나도 인정하지 못할 때가 또 얼마나 많은가. 오글거리는 칭찬도 받아넘길 수 있어야 한다는 말, 나부터 실천해야 할 사항이다.

나는 오늘부터 변하기로 마음먹었다.
나를 가장 사랑하는 사람은
내가 되기로 다짐했다.
다시 나로 태어나고 싶을 정도로
멋진 내가 되기로!

세상사란 보이지 않는 것들이 뭉쳐서
보이는 현실로 나타나는 법이다.
그래서 사람도, 세상일도 보이는 대로만
평가하고 판단하는 것은 위험하다.

한 가닥 바람에 흔들리지 않기

오늘은 많은 여성을 만나 이야기를 나누어야 하는 날이다. '여성 리더십'이라는 주제로 시민회관에서 강의가 있다. 이런 날은 솔직히 기분이 좋다. 내 속마음을 솔직히 이야기할 수도 있고, 다양한 여성과의 소통에서 감동과 교훈을 얻기도 하고, 특별한 사연을 가진 여성을 만나면 겸손을 배우기도 한다. 가끔은 눈물을 흘리기도 하고, 목젖이 보이도록 크게 웃기도 한다.

오전 열 시, 강의장에 도착해보니 참 많은 여성이 앉아 있다. 바쁜 일과 중에 시간을 쪼개어 나왔다는 것을 알고 있으니 나로서는 한 사람, 한 사람에게 감사할 뿐이다. 늘 그렇듯 내 인생의 마지막 강의가 될지 모른다는 긴장감으로 강의를 시작하고, 별일 없이 끝인사까지 할 수 있기를 바란다.

강의를 시작한 지 벌써 20년이 다 되어간다. 강사가 뭔지도 잘 몰랐던 20대 중반에 시작한 일을 지금까지 한 번도 벗어난 적 없이 계속하고 있다. 딱히 누구의 권유로 시작한 것도, 원대한 꿈을 가지고 도전한 것도 아닌데, 하다 보니 지금까지 계속이다.

청강생 중 가끔씩 내게 "어떻게 강사가 되셨어요?"라든지 "강의하는 거 힘들지 않아요?"라고 묻곤 한다. 최근에는 강의의 대중화로 강의 환경을 잘 아는 사람들도 있다 보니 "강의로 먹고사는 것이 불안정해서 힘들다고 하던데, 강사님은 운이 좋으셨나 봐요. 아니면 실력으로 버티셨겠네요"라며 직설적으로 물어보는 사람도 있다. 그리고 한마디 덧붙인다. "저도 강사를 한번 해볼까 해요"라고!

십 분간의 쉬는 시간 동안 받는 질문 때문에 나는 가끔, 아주 가끔씩 뒤통수를 한 대 얻어맞은 듯한 충격을 받을 때도 있다. 강사인 나조차 고려하지 못했던 질문을 받을 때면 순간적으로 지나온 세월이 필름처럼 스친다.

다른 누구도 아닌, 내가 원했던 것이니까

참 미친 듯이 강의하러 다녔는데, 기본급도 없이 불규칙하게 돈 버느라 적금 하나 넣지 못했던 적도 있었는데, 지금까지 강사로 살고 있으니 나는 정말 운이 좋다. 살벌한 청중의 피드백 때문에 밤잠 설친 적도 많았지만 강사로 살아가는 것은 누가 시켜서 되는 것은 아니다. 스스로 좋아야 사방팔방 돌아다니며, 처음 만나는 사람들과 어색하지 않게 이야기하는 것도 가능하다. 맨날 긴장해야 하므로 결코 쉬운 일은 아니다.

힘겨웠던 수많은 고비를 넘고 또 넘은 것을 청중이 알 길 없으니 강의하는 지금 내 모습이 좋게 보일 수도 있겠다. 그래서 나는 뜻하지 않게 '부럽다'는 말을 가끔 듣는다. 남들이 부러워하는 사람이 된다는 것은 무척 즐거운 일이지만, 보이는 모습처럼 내 마음이 그렇게 좋은 것은 아니다. 원래 남의 것이 더 좋아 보이지 않던가. 이 간단한 원리를 이해하면 보이는 것보다 보이지 않는 거에 궁금증이 더 많이 생긴다. 보이는 모습을 만들기 위해 보이지 않는 어떤 노력들을 했는지 호기심이 커진다.

세상사란 보이지 않는 것들이 뭉쳐서
보이는 현실로 나타나는 법이다.
그래서 사람도, 세상일도
보이는 대로만 평가하고 판단하는 것은 위험하다.

자신이 걸어가는 길, 아직도 한참을 걸어가야 할 길을 선택하는 것은 인생에서 그 무엇보다 중요하다. 남들이 시켜서 하는 것보다 내가 하고 싶어서 해야 더 많은 성과를 올릴 수 있지만, 하고 싶은 일을 하기 위해 하기 싫은 일을 더 많이 해야 할 때도 많다. 만들어진 재능보다 타고난 재능을 선택해서 빛을 보는 경우도 있다. 어찌 되었든 자신이 원하는 삶과 일을 스스로 찾아야 한다.

"강사라는 직업을 가지고 사는 것이 후회되지 않으세요?"
이런 질문을 받으면 예전에는 심장이 '쿵' 했다. '잘 어울리지 않는다는 소리인가?', '오늘 강의가 별로였나?', '내가 강사로서 신뢰감이 부족한 걸까?' 등 별별 생각이 다 들었다. 하지만 10년이 넘어서면서 이런 질문에 단 한 가닥의 마음도 흔들리지 않을 힘이 생겼다. 조금 더 뻔뻔해진 것이다. 상대방의 '간섭'을 흘려보낼 여유가 생긴 것이다.
"지금 하는 일이 잘 맞아요. 너무 재미있어서 다른 일을 찾아볼 겨를이 없었어요. 그래서 이렇게 오래할 수 있었나 봐요."

'그곳'에서 늙어갈 수 있다면

사람은 자신이 원하는 곳에 있어야 진실한 자신을 만날 수 있다. 그곳이 어디가 되었든, 어떤 일이 되었든 자신이 선택한 곳이라면 불만족도 줄고, 후회도 덜하게 된다. 자신이 선택했다는 책임감으로 인해 더 강건히 자리를 지키려는 노력도 하게 된다. 세상에서 참 부러운 사람이 남들 보기엔 별거 아닌 것 같지만, 자기 자신의 선택을 굳건하게 믿고 가는 사람이다. 자신의 결정을 진심으로 감사하게 생각하며 살아가는 사람이다. 많이 가졌다고, 권력 좀 쓸 수 있다고, 큰돈 벌었다고 하는 사람보다 스스로가 선택한 곳에서 자리를 잡고 늙어가는 사람이 참 부럽다.

아직도 어린 자녀들에게 의사 되라, 변호사 되라, 교수 되라, 공무원 되라고 강요하는 부모가 있다면 이것은 되돌리기에 치명적인 실수임을 말하고 싶다. 적성과 재능, 꿈과 비전도 없이 부모님 때문에 경영학과에 입학하고, 간호학과에 다니고, 사업을 시작하고, 고시를 준비하는 것은 너무 많은 후회를 생산할 가능성이 높다. 부모의 한풀이 때문에 자식의 앞길을 결정하고, 결혼 상대자를 강요하는 것은 시대를 거스르는 인생이다. 아직은 어리지만 자녀들에게도 가고 싶은 길이 있고, 살고 싶은 인생이 있지 않을까, 자신이 원하는 무지갯빛 삶은 누구에게나 있게 마련이니까. 지나치게 강요하는 것은 부작용을 낳을 뿐이다.

〈나는 자연인이다〉라는 방송 프로그램에 나오는 사람들 중 산에서 생활하는 이가 많다. 처음부터 산중에서 산 것은 아니고 사업을 하다 실패한 사람, 직장 은퇴 후 산중으로 들어간 사람, 몸이 아파 치유 때문에 산을 선택한 사람, 도시 삶에 찌들어 제2의 인생을 산에서 시작한 사람 등 다양하다. 그들은 사업가, 직장인, 프로그래머, 작가, 공무원, 화가, 회사원 등 사회 곳곳에서 만날 수 있는 평범한 생활인이었다. 도시의 생활 기준 잣대로 본다면 산속에서의 생활은 먹을 것도, 입을 것도, 편의 시설도 부족해 만족스럽지 않을 듯하다. 하지만 방송에 나오는 사람들마다 행복이 묻어난다. 비록 가진 것이 많지 않다고 하나, 가장 많이 가진 사람들처럼 부자로 보인다. 자신이 선택한 삶이고, 그 안에서 진실한 자신을 만나고, 참다운 행복을 누리며 살고 있다 말하기 때문이다. 누적된 피로를 물리쳐가며 야근과 잔업을 일삼는 우리의 시선으로 볼 때 부러움만 한가득이다.

더 가지고 싶어 안달하는 사람들은 이해되지 않겠지만, 지금 가진 것도 너무 많다고 하는 산속 사람들의 말은 며칠씩 곱씹어도 참 좋다. 마음 하나만 바꿔도 세상은 지옥이 되기도 하고 천국이 되기도 한다. 모두가 똑같은 생각과 눈높이를 가지고 산다면 세상은 온통 불만투성이로 변할지 모른다. 각자가 추구하는 삶과 길이 있고, 각자가 느끼는 행복의 근원이 다르다. 그래서 아무 일 없는 듯 세상이 돌아가는 것도 사실이다.

진짜 나를 만날 수 있는 곳,
부족한 나를 보듬어줄 수 있는
사람들과 더불어 사는 것이야말로
지상낙원이지 싶다.
그렇게 살아가는 사람이야말로
세상에서 가장 부럽게 사는 이다.

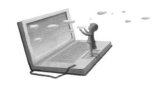

셀프 힐링이 절실할 때

뜻하지 않은 일들이 줄지어 터질 때는 누구라도 버텨내기 쉽지 않다. 늘 하던 일이 계획을 벗어나거나 목표관리에 실패하면 한순간 좌절한다. 이런 쓴맛 짙은 좌절감을 지속적으로 맞닥뜨려야 하는 업무에 시달린다면 참으로 힘들 것이다. 마음Mental을 다잡으며 버텨보지만 감정의 올가미는 점점 더 세게 옥죌 뿐이다. 잘해보고자 하는 의지와 정반대의 결과, 그 엇박자의 충격은 때로는 상상을 초월한다.

이럴 때는 극단의 조치, 근원적인 대책, 비상 탈출구를 강구하지만 실상은 잠시 잠깐의 도피처라도 있으면 다행이다. 일단 쏟아지는 장대비를 피할 수 있고 두 발을 디딜 수 있는 공간이라도 있다면 말이다. 담배 한 개비 혹은 커피 한 잔만 있어도 마음은 다소 느긋해진다.

이런 일상의 반복을 버텨내는 사람들이 천지다. 고달픈 감정에 휘말릴수록 셀프 힐링Self-healing이 절실하다. 소박할지라도 자기 위로를 하는 시간을 갖는 것이야말로 절대로 생략해서는 안 될 일 중 하나다.

'익숙함'과 '낯섦'의 간격 속에서 균형 찾기

개개인마다 약간의 차이는 있지만 대부분의 사람은 낯선 것보다는 익숙한 것을 선호한다. 우리의 일상은 늘 먹던 음식, 늘 만나던 사람, 늘 하던 일, 늘 입던 옷 등 익숙한 것으로 짜여 있다. 요즘처럼 급변하는 환경, 새로운 인맥 찾기, 혁신적인 업무 개선, 세계적인 먹거리 출현 등 다방면에서 불어닥치는 변화의 바람이 반갑지 않을 수 있다. 지금도 충분히 좋은데, 수시로 바꿔야 하는 것에 대한 불만이 당연히 생길 수 있다.

누구나 '낯섦'에 대해 어느 정도 부담감이 있다. 전혀 경험해보지 못한 것에 대한 도전이 생각만큼 쉽지 않다. 하지만 변화의 가속도가 점점 더 붙어가는 현실을 생각하면 '낯섦'을 거부하는 건 썩 좋을 게 없다. 오히려 '낯섦'을 즐길 줄 아는 사람이 이 시대를 더 잘 살아낼 수 있는 능력을 가진 이 아닐까.

온고이지신溫故而知新, 옛것을 제대로 알고서 새로운 것을 안다에서 지식의 균형을 찾는 것처럼 '익숙함'과 '낯섦'의 간격에서 균형을 찾을 수 있다면 좋겠다. 치우친 잣대가 아니라 융합된 마음의 눈으로 포용한다면 더욱 좋을 것 같다, 그 무엇이든지.

그래도 사람이 참 좋다

글을 쓰기 시작하면서 혼자 보내는 시간이 많아졌다. 글쓰기 재주가 부족해 첫 문장을 쓰기 위해 책상 앞에 앉아 몇 시간을 방황한다. 마음이 허전하고 고독감이 느껴질 때부터 글머리가 풀리기 시작했으니, 준비운동이참 고약스럽다. 글쓰기를 중단하고 잠시 외출하거나, 사람들을 만나 수다를 떨거나, 전화통화를 신나게 한 뒤 다시 집필하자면 또 글이 안 써진다.또다시 책상 앞에서 몇 시간을 방황해야 한다. 사람을 안 만날 수도 없고,글을 안 쓸 수도 없어 안절부절못할 때가 수시로 생긴다.

혼자 보내는 시간은 간편하다. 혼자만 생각하면 되니까 갈등도 싸울 일도없고, 상대방과 조율하며 타협할 일도 없고, 상대방의 마음을 헤아려가며신경 쓸 일도 없다. 오로지 내 마음 하나만 건사하면 된다. 그래서 참 편하다.

많은 사람과 교류하며 오랜 시간 함께해야 하는 일, 이를테면 여행, 동창회, 동호회, 세미나 등이 생기면 전날부터 걱정한다. 이상한 구설에 휘말리지 않을까, 특이한 사람과 한 팀이 되어 부적응하지 않을까, 사람들끼리다툼이 생기지 않을까 하고 말이다. 인간관계의 부정적인 사건들을 하도 많이 겪은 터라 즐거움은 잠시이고 괜한 걱정부터 챙긴다. 무탈하게 모임이 끝날 때까지 긴장을 풀지 못하고 집에 돌아오는 길에서야 비로소 안도한다. 많은 사람이 나와 비슷하지 않을까 싶다. 함께하는 것을 좋아하지만, 함께하는 것은 결코 쉽지 않다.

혼자의 간편함을 좋아하지만 혼자 있는 것을 싫어하고, 사람들과의 소통을 끊임없이 원하는 나 자신이 참 아이러니하다. 그럼에도 나는, 사람은 사람들과 더불어 살아갈 때 비로소 진짜 사람이 된다고 믿는다. 사람이 만들어내는 희로애락이야말로 인위적인 것이 아닌, 자연스럽게 만들어진 인생의 참맛이라고 생각한다. 이 세상에서 사람보다 더 좋은 것은 없는 것 같다.

사람이 좋다. 그래도 사람이 참 좋다!